LES CHATS

STRASBOURG; TYPOGRAPHIE DE G. SILBERMANN.

AQUARELLE D'APRÈS BURBANCK

par Marie Champf-y .

ÉDITION DE LUXE

LES CHATS

PAR

CHAMPFLEURY

Cinquième Édition

AUGMENTÉE

DE PLANCHES EN COULEUR ET D'EAUX-FORTES

PARIS

J. ROTHSCHILD, ÉDITEUR

LIBRAIRE DE LA SOCIÉTÉ BOTANIQUE DE FRANCE

43, RUE SAINT-ANDRÉ-DES-ARTS, 43

—

1870

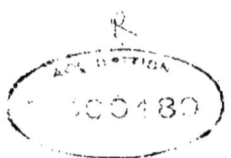

AVERTISSEMENT

 *Le succès rapide de ce petit ouvrage n'a pas été sans inquiéter l'éditeur, tant la critique fournissait de lumières sur certaines parties laissées dans l'ombre.*

La refonte d'un livre est quelquefois plus difficile que la fonte.

Il fallait surtout se tenir en garde contre la RALLONGE, *dont le défaut eût été sensible surtout dans une œuvre de fantaisie, qui n'appartient ni à la science ni à l'imagination; cependant, grâce à l'aide des gens d'esprit qui prêtaient un vif concours au succès de la publication, il a été facile de l'améliorer avec discrétion.*

Jusqu'au dernier jour de la correction des épreuves, il est arrivé de la France et de l'étranger nombre de renseignements curieux qui auraient inévitablement doublé le volume, si l'éditeur n'y avait mis ordre. Il a préféré ne pas surcharger le texte, et le remplacer, dans certaines parties, par des dessins « vifs et animés. » Et s'il a été ajouté quelques touches, elles sont d'après nature, à la suite de visites que l'auteur faisait à des chats de différentes espèces, pour témoigner de sa bonne volonté et répondre à l'appel de possesseurs d'animaux favoris.

En terminant, l'éditeur remercie ceux qui l'ont aidé dans son entreprise, et souhaite que 1869 soit marqué d'un trait aussi brillant que l'année précédente dans le Calendrier des chats.

Mai 1869.

PRÉFACE

A mon ami Jules Troubat.

I.

Il peut paraître singulier que de longues études soient consacrées à un simple individu, au chat, qui, quoique résumant une partie des facultés des félins, ne saurait cependant donner une idée complète des êtres plus considérables de la même race; mais les habitudes sédentaires de l'animal permettent à l'homme de cabinet de l'étudier à tout instant, sans interrompre son travail. De l'atelier des alchimistes, le chat a passé chez les écrivains; il fait partie de leur modeste intérieur, et il offre ceci de particulier avec les gens de lettres, qu'il a presque autant de détracteurs que si, lui-même, chat, écrivait.

Comme tous les êtres qui provoquent les caresses, qui en donnent et en reçoivent, comme les femmes, si le

doux animal a été beaucoup aimé par les uns, il ne lui a
pas été pardonné par les autres, surtout par les métaphysiciens.

Beaucoup avoueraient, avec le P. Bougeant, dans le
livre peu amusant de l'*Amusement philosophique sur
le langage des bêtes,* que «les bêtes ne sont que des
diables,» et qu'à la tête de ces diables marche le
chat.

Descartes fait de tout animal un *automate.* Pour com-
battre cette affirmation, il faudrait déployer un grand
attirail de métaphysique, vers laquelle je ne me sens pas
porté. Je préfère d'autres natures d'esprits : Aristote, Pline, Plutarque, Montaigne, qui assoient leurs
doutes sur des *faits,* prouvés par la raison et l'observation.

Les naturalistes, ceux sur lesquels il est commode au
bon sens de s'appuyer, tiennent pour l'*intelligence* chez les
animaux, à commencer par le père de l'histoire naturelle.
«L'ensemble de la vie des animaux, dit Aristote, présente plusieurs actions qui sont des imitations de la vie
humaine. Cette exactitude, qui est le fruit de la réflexion,
est encore plus sensible chez les petits animaux que
chez les grands.»

Nous voilà loin des automates de Descartes.

Avec Montaigne on n'a que l'embarras du choix. Les
Essais sont le plus riche arsenal en faveur de l'intelligence des *bêtes.* Presque à chaque page, Montaigne
se plaît à rabattre le caquet de l'homme. «C'est par
vanité, dit-il, que l'homme se trie soy mesme et sé-

Montaigne

D'après un portrait appartenant au docteur Payen.

pare de la presse des aultres créatures, taille les parts
aux animaulx ses confrères et compaignons, et leur
distribue telle portion de facutz et de force que bon
luy semble. »

Les animaux *confrères* de l'homme, voilà ce qu'écrivait le sceptique qui a fait passer tant de hardiesses sous
le couvert de la bonhomie.

Montaigne accorde la *prudence* aux abeilles, le *jugement* aux oiseaux ; il ne doute pas que l'araignée qui file
sa toile *délibère, pense et décide.* Cette prudence, ce
jugement, ces délibérations, ces pensées, ces décisions, demanderaient aux métaphysiciens, qui ne connaissent guère les animaux, des volumes de controverse.

De tels songe-creux ne regardant ni le ciel ni les
étoiles, se sont rarement inquiétés de ceci :

A quoi pense l'animal qui pense?

Heureusement, il existe d'autres esprits méditatifs,
qui, frappés de l'indépendance de certains animaux,
entrent en communication directe avec eux, étudient
leurs mœurs, amassent des faits inconnus aux naturalistes enfermés dans leurs laboratoires et arrivent
à d'audacieuses conclusions, qu'ils se font pardonner
par leur caractère, leur vie, leur science et leurs
vertus.

On ne niera pas l'autorité scientifique d'Audubon, le
naturaliste, vivant dans les forêts d'Amérique, qui couronne sa vie par les *Scènes de la nature*. Esprit positif,
que le souvenir de la nature rend parfois éloquent, ac-

tivité au service d'un cerveau intelligent, Audubon a marqué chacune de ses paroles au coin de la vérité : tout ce qu'il dit, on peut le croire, tant ses récits sont présentés loyalement.

Et cependant ce moraliste, croyant éclairé, a émis l'idée que les animaux peuvent avoir le sens de la Divinité.

Étudiant deux corbeaux voltigeant librement dans l'air : «Que je voudrais pouvoir rendre cette variété d'inflexions musicales au moyen desquelles les corbeaux s'entretiennent tous deux, durant leurs tendres voyages, dit Audubon ; ces sons, je n'en doute pas, expriment la pureté de leur attachement conjugal continué ou rendu plus fort par de longues années d'un bonheur goûté dans la société l'un de l'autre. C'est ainsi qu'ils se rappellent le doux souvenir des jours de leur jeunesse ; qu'ils se racontent les événements de leur vie ; qu'ils dépeignent tant de plaisirs partagés, et que *peut-être ils terminent par une humble prière à l'Auteur de leur être*, pour qu'il daigne les leur continuer encore [1]. »

Je n'insiste pas sur ce qui pourrait être paradoxe chez tout autre que le grand naturaliste américain. Il a, je crois, forcé volontairement la note, pour mieux affirmer sa croyance en l'intelligence des animaux.

---

[1] Audubon, *Scènes de la nature dans les États-Unis* 2 vol. in-8°. Paris 1837.

II.

Une des choses qui me surprit le plus dans les révé-
lations qu'amena la Révolution de 1848 fut qu'il avait
été accordé sur les fonds secrets du ministère de l'intérieur cinquante mille francs à l'auteur de l'*Anatomie des
chats*.

Qu'il y ait en politique des hommes qui rompent leurs
serments et trahissent leurs anciens maîtres, rien de
surprenant. On paie leurs bassesses par de l'argent,
leur déshonneur par des honneurs, cela se voit et s'est
vu de tout temps ; mais sur la liste des plumes aux gages
des ministres, trouver un écrivain gratifié de *cinquante
mille francs* pour s'être occupé des *chats*, voilà ce qui
m'étonna considérablement en parcourant les listes de
la terrible *Revue rétrospective*.

L'heureux mortel favorisé d'une façon si libérale par
le gouvernement de Louis-Philippe s'appelait *Strauss-
Dürckheim*. Il est mort actuellement ; je dois dire que
c'était un homme d'une véritable science, qui, après
avoir passé sa vie dans l'étude et la retraite, donnait,
en échange de cette grosse somme de cinquante mille
francs, un ouvrage dans lequel le chat est traité en roi
de la création.

Sa Monographie est appuyée sur des planches, où les
muscles, les nerfs, le squelette et le système anatomique
de l'animal sont étudiés avec soin.

Ce qu'a fait le savant docteur pour l'anatomie, je le

tenté pour l'histoire des mœurs des chats; mais c'est au public que je demande une subvention, et s'il ne sous-, crit pas pour cinquante mille francs à la mise en vente, les fonds que chaque lecteur me fera passer par le canal de mon éditeur ne sont pas de ceux qui s'enregistrent sur les tables d'une *Revue rétrospective.*

Paris, 1868.

CHAMPFLEURY.

c'est lui, c'est
mon chat, qui a fait dire à Mery
dont les jambes dequel il faisait
le gros dos, ce mot illustre : Dieu
a fait le chat pour donner à
l'homme le plaisir de caresser
le tigre. Victor Hugo

PREMIÈRE PARTIE

CHAPITRE PREMIER.

LES CHATS DANS L'ÉGYPTE ANCIENNE.

Un naturaliste qui visite une collection de monuments égyptiens se demande tout d'abord, en voyant la grande quantité de chats momifiés ou représentés en bronze, d'où vient l'introduction de l'animal dans le pays des Pharaons. C'est une question que l'état actuel de la science ne permet pas de résoudre, les égyptologues n'ayant pas trouvé de représentation du chat sur les monuments contemporains des pyramides. Le chat paraîtrait avoir été acclimaté en même temps que le cheval, c'est-à-

dire au commencement du nouvel empire
(vers 1668 avant J.-C.).

La plus ancienne rédaction connue jusqu'ici
du *Rituel funéraire* ne remonte pas au delà de
cette époque. C'est à ce moment qu'on voit,
dans les peintures murales des hypogées, le
chat quelquefois représenté sous le fauteuil de
la maîtresse de maison, place qu'occupent aussi
les chiens et les singes.

La rareté et l'utilité du chat le firent admettre alors probablement parmi les animaux sacrés, afin que sa race fût propagée sûrement.

Son *utilité* est attestée par des peintures
représentant des scènes de chasse dans les
marécages de la vallée du Nil, où des chats
se jettent à l'eau pour rapporter le gibier[1].

Les Égyptiens, montés sur de légères bar-
ques, étaient suivis habituellement, dans ces
chasses au marais, par leur famille, leurs do-

[1] Les Égyptiens étaient extraordinairement habiles à
dresser les animaux; aujourd'hui, à la campagne, qu'un
chat affamé plonge avec précaution sa patte dans un étang
pour happer un poisson au passage, il a perdu absolu-
ment la qualité de pêcher de ses ancêtres; et l'on crierait
au miracle si un chat rapportait un canard tué aux marais
par des chasseurs.

D'après une peinture égyptienne du British Museum.
Dessin de M. Mérimée.

mestiques et leurs animaux, entre lesquels se remarquent souvent des chats.

Une peinture de chasse, d'un tombeau à Thèbes, représente un chat se dressant comme un petit chien contre les genoux de son maître, qui, de l'intérieur de la barque, va lancer le bâton courbé appelé *schbot*, semblable au *boumeṛang* des Australiens. Une autre peinture provenant également d'un tombeau de Thèbes, dont Wilkinson donne la description, se trouve au British Museum :

« Un chat favori quelquefois accompagnait les chasseurs égyptiens dans ces occasions, et par l'exactitude avec laquelle il est représenté saisissant le gibier, l'artiste a voulu nous montrer que ces animaux étaient dressés à chasser les oiseaux et à les rapporter[1]. »

M. Mérimée a bien voulu me communiquer un dessin d'après ce fragment de peinture, où le chat rapporte les oiseaux à son maître, qui attend dans une barque. Ces sortes de représentations où figurent les chats, appar-

[1] Wilkinson, *Manners and Customs of the ancient Egyptians*, in-8º, Londres, 1837.

tiennent à la XVIIIᵉ et à la XIXᵉ dynastie
(vers 1638 et 1440 avant J. C.).

Un des monuments les plus anciens relatifs
à cet animal existe dans la nécropole de Thèbes, renfermant le tombeau de Hana, sur la
stèle duquel se tient debout la statue de ce
roi, ayant entre ses pieds son chat nommé
Bouhaki[1].

Au milieu des figurines égyptiennes en
bronze ou en terre émaillée de nos musées,
on remarque souvent un chat accroupi portant,
gravé sur son collier, l'œil symbolique, emblème du soleil. Les oreilles percées de l'animal
étaient, en ce cas, ornées de bijoux en or.

Le chat est également représenté sur quelques médailles du nome de *Bubastis*, où la
déesse *Bast* (la Bubastis des Grecs) était particulièrement révérée. Cette déesse, forme
secondaire de *Pascht*, prend d'habitude la
tête d'une chatte et porte dans sa main le
sistre, symbole de l'harmonie du monde. Les

---

[1] Le roi Hana paraît avoir fait partie de la XIᵉ dynastie;
dans tous les cas, il est antérieur à Ramsès VII, de la
XXᵉ, qui fit explorer ce tombeau.

chats qui, de leur vivant, avaient été honorés
dans le temple de *Pascht*, comme image vi-

Bronze du Musée égyptien du Louvre.

vante de cette déesse, étaient, après leur mort,
embaumés et ensevelis avec pompe.

Diverses statues funéraires de femmes por-

tent l'inscription TECHAU, *la chatte*, en
signe de patronage de la déesse Bast. Quelques hommes aujourd'hui appellent leur
femme *ma chatte*, sans arrière-idée hiératique.

Certaines momies de chats, trouvées dans
des cercueils en bois à Bubastis, à Spéos-
Artemidos, à Thèbes et ailleurs, avaient le
visage peint.

Curieuses momies qui, dans leur amaigris-
sement et leur allongement, semblent des
bouteilles de vin précieux entourées de tresses
de paille (voy. dessin, p. 12).

Ceci fut un chat alerte, on ne s'en doute-
rait pas; vénéré, les bandelettes et les on-
guents le prouvent.

Toutefois le symbolisme du chat reste encore entouré de mystères, tant à cause des
récits d'Horapollon que de ceux de Plutarque,
ces historiens ayant admis des légendes con-
tradictoires.

Suivant Horapollon, le chat était adoré
dans le temple d'Héliopolis, consacré au soleil, parce que la pupille de l'animal suit dans
ses proportions la hauteur du soleil au-dessus

de l'horizon et en cette qualité représente l'astre
merveilleux.

Plutarque, dans son *Traité d'Isis et d'Osi-*
ris, conte que l'image d'une chatte était pla-
cée au sommet du sistre comme un emblême de
la lune, « à cause, dit Amyot, de la variété de
sa peau et parce qu'elle besongne la nuict, et
qu'elle porte premièrement un chaton à la première portée, puis à la seconde deux, à la
troisième trois, et puis quatre, et puis cinq,
jusques à sept fois, tant qu'elle en porte en
tout vingt-huict, autant comme il y a de
jours de la lune : ce qui à l'adventure est
fabuleux, mais bien est véritable que les prunelles de ses yeux se remplissent et s'eslar-
gissent en la pleine lune et, au contraire,
s'estroississent et se diminuent au décours
d'icelle. »

Ainsi, tandis qu'Horapollon voit de secrètes
analogies entre le jeu de la pupille des chats
et le soleil, Plutarque en reporte la relation
avec la lune.

La science moderne, laissant aux nécroman-
ciens les influences des astres sur l'homme et

Momie de chat du Musée égyptien.

les animaux, a expliqué ces phénomènes de
la vision par l'optique.

Boîte de momie de chat du Musée du Louvre.

Pour ce qui est des diverses portées des

chattes dont parle Plutarque, on peut ranger ces histoires au nombre des fables que les naturalistes anciens se plaisaient à rapporter.

Hérodote n'est guère plus véridique en ses *Histoires* :

« Quand les femelles ont mis bas, elles ne s'approchent plus des mâles ; ceux-ci, cherchant à s'accoupler avec elles, n'y peuvent réussir. Alors ils imaginent d'enlever aux chattes leurs petits ; ils les emportent et les tuent ; toutefois ils ne les mangent pas après les avoir tués. Les femelles, privées de leurs petits et en désirant d'autres, ne fuient plus les mâles : car cette bête aime à se reproduire. »

Cette opinion, qu'on retrouvera plus loin, adoptée par Dumont de Nemours, me paraît fausse ; mais avant de s'en inquiéter, je termine avec Hérodote :

« Si un incendie éclate, les chats sont victimes d'impulsions surnaturelles ; en effet, tandis que les Égyptiens, rangés par intervalles, sont beaucoup moins préoccupés d'éteindre le feu que de sauver leurs chats, ces animaux se glissent par les espaces vides, sautent par-dessus les hommes et se jettent dans les flammes. En de tels accidents, une douleur profonde s'empare des Égyptiens. Lorsque, dans quelque maison, un chat meurt de sa belle mort, les habitants se rasent seulement les sourcils ; mais si c'est un chien qui meurt, ils se rasent le corps et la tête[1]. »

Le fait des chats se précipitant dans les flammes mériterait confirmation ; je préfère le détail rapporté par un ancien, que les Égyptiens donnaient de bonne heure à chaque chatte un époux convenable, ces peuples se préoccupant des rapports de goût, d'humeur et de figure.

Comment s'appelait le chat chez les Égyptiens ? Les Rituels antiques du Louvre portent *Mau, Maï, Maau :* quelques égyptologues ont lu sur certains monuments *Chaou ;* il faut, m'écrit un érudit en ces sortes de matières, lire *Maou,* qui forme une de ces onomatopées si fréquentes dans toutes les langues primitives.

Sans railler les égyptologues, j'ose dire que

[1] *Hérodote,* traduction Giguet. In-18, Hachette, 1860.

les traductions de certains hiéroglyphes sont
troublantes pour l'esprit et que cette langue
cabalistique court grand risque de rester elle-
même momifiée à jamais.

CHAPITRE II.

LES CHATS EN ORIENT.

Un égyptologue distingué, M. Prisse d'A-
vennes, a recueilli en Égypte des matériaux
considérables pour l'histoire de l'art, et s'est
occupé en même temps des mœurs des pays
où il vivait.

De ses notes, le savant voyageur détache
obligeamment pour moi les faits se rapportant
à la domestication des chats dans l'Égypte
moderne :

« Le sultan El-Daher-Beybars, qui régnait
en Égypte et en Syrie vers 658 de l'hégire
(1260 de J.-C.), — et que Guillaume de Tri-
poli compare à César pour la bravoure et à

Néron pour la méchanceté, — avait aussi, dit
M. Prisse d'Avennes, une affection toute particulière pour les chats. A sa mort, il légua un
jardin appelé Gheyt-el-Qouttah (*le verger du
chat*), situé près de sa mosquée en dehors du
Caire, pour l'entretien des chats nécessiteux
et sans maîtres. Depuis cette époque, sous
prétexte qu'il ne produisait rien, le jardin a
été vendu par l'intendant, revendu maintes
fois par les acheteurs, et, par suite de dilapi-
dations successives, ne rapporte qu'une rente
honorifique de 15 piastres par an, qui est appliquée, avec quelques autres legs du même
genre, à la nourriture des chats. Le kadi, étant,
par office, gardien de tous les legs pieux et
charitables, fait distribuer chaque jour à l'*asr*[1],
dans la grande cour du Mehkémeh ou tribunal,
une certaine quantité d'entrailles d'animaux et
de rebuts de boucherie coupés en morceaux qui
servent de pâture aux chats du voisinage. A
l'heure habituelle, toutes les terrasses en sont
couvertes ; on les voit aux alentours du Meh-

---

[1] Heure de la prière, entre midi et le coucher du soleil.

kémeh, sauter d'une maison à l'autre à travers les ruelles du Caire pour ne pas manquer
leur pitance, descendre de tous côtés le long
des moucharabyehs et des murailles, se
répandre dans la cour, où ils se disputent,
avec des miaulements et un acharnement ef-
froyables, un repas fort restreint pour le
nombre des convives. Les habitués ont fait
table rase en un instant : les jeunes et les
nouveaux venus qui n'osent participer à la
lutte, en sont réduits à lécher la place. — Qui-
conque veut se débarrasser de son chat va le
perdre dans la cohue de cet étrange festin : j'y
ai vu porter des couffes pleines de jeunes chats,
au grand ennui des voisins. »

Le même fait se reproduit en Italie et en
Suisse. A Florence, il existe un cloître, situé
près de l'église San-Lorenzo, qui sert, me
dit-on, de maison de refuge pour les chats.
Lorsque quelqu'un ne peut ou ne veut conserver son chat, il le conduit à cet établisse-
ment, où l'animal est nourri et traité avec
humanité. De même, chacun est libre d'y aller
choisir un chat à sa convenance; il y en a de

toute espèce et de toute couleur. C'est une des institutions curieuses que le passé a léguées à la ville de Florence.

A Genève, les chats rôdent par les rues comme les chiens à Constantinople. Ils sont respectés par le peuple, qui a soin de la nourriture de ces animaux libres; aussi les chats arrivent-ils à la même heure pour prendre leurs repas sur le seuil des portes.

A Rome également, à une certaine heure, des bouchers parcourent la ville, apportant de la viande aux chats. A un certain cri, les animaux sortent de leurs maisons recevoir la pitance, pour laquelle leurs maîtres paient une pension mensuelle.

Je reviens à l'Égypte et au récit de M. Prisse d'Avennes :

« Les chats sont beaucoup plus attachés et plus sociables en Égypte qu'en Europe, probablement à cause des soins qu'on leur donne et de l'affection qui va souvent jusqu'à leur permettre de manger à la gamelle du maître.

« Les Arabes ont d'autres motifs de respecter les chats et d'épargner leur vie. Ils croient

généralement que les Djinns prennent cette
forme pour hanter les maisons, et racontent
gravement à ce sujet des histoires extrava-
gantes, dignes des *Mille et une Nuits*. Les habitants de la Thébaïde sont plus superstitieux
encore, et leur imagination poétise à leur insu
le sommeil léthargique de la catalepsie. Ils prétendent que lorsqu'une femme met au monde
deux jumeaux, garçons ou filles, le dernier
né qu'ils appellent *baracy* et quelquefois tous
les deux éprouvent, pendant un certain temps
et souvent toute leur vie, d'irrésistibles envies
de certains mets, et que, pour satisfaire leur
gourmandise plus facilement, ils prennent
souvent la forme de divers animaux et en particulier du chat. Pendant cette transmigration
de l'âme dans un autre corps, l'être humain
reste inanimé comme un cadavre; mais dès
que l'âme a satisfait ses désirs, elle revient vi-
vifier sa forme habituelle. — Ayant un jour
tué un chat qui faisait maints ravages dans ma
cuisine à Louqsor, un droguiste du voisinage
vint, tout effrayé, me conjurer d'épargner ces
animaux, et me raconta que sa fille, ayant le

malheur d'être *baracy*, adoptait souvent la
forme d'une chatte pour manger ma desserte.

« Les femmes condamnées à mort pour
cause d'adultère sont jetées au Nil, cousues
dans un sac avec une chatte : raffinement de
cruauté, dû peut-être à cette idée orientale
que de toutes les femelles d'animaux la chatte
est celle qui ressemble le plus à la femme par
sa souplesse, sa fausseté, ses câlineries, son
inconstance et ses fureurs. »

CHAPITRE III.

Il est singulier qu'après le culte et l'adoration des Égyptiens pour les chats, cet animal soit tout à fait délaissé chez les Grecs et les Romains.

Qu'en Grèce le chat ne fût pas représenté par les sculpteurs voués aux grandes lignes, cela est presque admissible, quoique les artistes égyptiens aient su trouver de solennels profils à travers le pelage de l'animal; mais on s'explique difficilement que les Romains, qui se plaisaient à peindre des scènes domestiques, ainsi que les objets qui frappaient leurs yeux, aient négligé la représentation des chats.

Cet animal semble avoir subi à Athènes et à Rome le contre-coup de sa popularité en Égypte, car s'il en est question dans les poëtes, ce n'est que chez ceux de la décadence. Aussi, en songeant au long intervalle qui sépare la représentation des chats sur les monuments égyptiens et les monuments romains du Bas-Empire, j'agirai avec la prudence qui fait hésiter l'historien Wilkinson à voir des animaux domestiques semblables aux nôtres dans les félins se jetant à l'eau pour aller chercher au milieu des roseaux les oiseaux blessés par le bâton des Égyptiens. Les naturalistes modernes crurent d'abord que le chat égyptien momifié est le même que notre chat domestique ; ensuite ils lui reconnurent des variantes tout à fait particulières.

Le chat dont les Égyptiens se faisaient suivre à la chasse, semble une sorte de guépard ; sa robe offre quelque analogie avec celle de ces carnassiers.

Les Grecs et les Romains ne se soucièrent pas de faire entrer dans leurs habitations des animaux sans doute utiles pour la chasse, mais d'une nature trop sauvage pour des intérieurs tranquilles. Cependant Théocrite, faisant gourmander une esclave par sa maîtresse dans le dialogue des *Syracusaines* :·

« Eunoa, de l'eau! s'écrie Praxinoé. Qu'elle est lente! Le chat veut se reposer mollement. Remue-toi donc. Vite, de l'eau! etc.[1] »

Par cette comparaison des chattes avec une esclave paresseuse, Théocrite donne l'idée de l'animal tel qu'il nous est parvenu. C'était le chat domestique déjà assez commun dans les intérieurs pour que le poëte l'introduisît dans son dialogue à titre d'image visible.

Entre les artistes égyptiens de la XVIIIe dynastie (1638 avant J.-C.), qui décoraient les tombeaux de représentations de chats, et le poëte Théocrite, qui naquit 260 ans avant l'ère chrétienne, on ne trouve pas, à proprement parler, de chat domestique autre que celui du charmant dialogue des *Syracusaines*.

---

[1] *Lyriques grecs*, 1 vol. in-18. Lefèvre et Charpentier, 1842. « *Le chat veut se reposer mollement,* » ou plutôt, comme me le font remarquer de savants philologues auxquels Théocrite inspire une religion : « *C'est affaire aux chattes de dormir mollement* (αἱ γαλίαι μαλακῶς χρήσδοντι καθεύδην). »

Sans se lancer dans de hasardeuses hypo-
thèses, on peut dire que l'acclimatation du
chat, dédaignée à Athènes et à Rome, fut
produite sans doute par hasard dans le Bas-
Empire; qu'un couple de ces chats égyptiens
avait été recueilli curieusement, comme nos
officiers d'Afrique élevaient des lionceaux après
la conquête d'Alger; qu'il y eut lente domestication et abâtardissement du chat par
la perte de sa liberté; qu'on le jugea utile
pour la destruction des rats, et que, quoique
méconnu par les poëtes, l'effigie de l'animal
fut conservée par les peintres mosaïstes.

Les petits poëtes de la décadence méprisent
tout à fait le chat, n'accusent que ses défauts
et se répandent en imprécations sur sa voracité.

Agathias, épigrammatiste du Bas-Empire,
avocat ou *scholasticus* à Constantinople, qui
vécut de 527 à 565, sous le règne de Justi-
nien, a laissé deux épigrammes funéraires
dans lesquelles le chat ne joue pas le beau
rôle :

« Pauvre exilée des rocailles et des bruyères,

ô ma perdrix, ta légère maison d'osier ne te possède plus! Au lever de la tiède aurore, tu ne secoues plus tes ailes par elle réchauffées. Un chat t'a tranché la tête. Je me suis emparé du reste de ton corps et il n'a pu assouvir son odieuse voracité. Que la terre ne te soit pas légère, mais qu'elle recouvre pesamment tes restes, afin que ton ennemi ne puisse les déterrer. »

Chat étranglant un oiseau
(d'après une mosaïque du Musée de Naples.)

Ainsi rime Agathias s'abandonnant à la douleur. Après avoir versé quelques pleurs, le poëte songe à la vengeance, sujet de sa seconde épigramme :

« Le chat domestique qui a mangé ma perdrix se flatte de vivre encore sous mon toit.

Non, chère perdrix, je ne te laisserai pas sans
vengeance, et, sur ta tombe, je tuerai ton
meurtrier. Car ton ombre, qui s'agite et se
tourmente, ne peut être calmée que lorsque
j'aurai fait ce que fit Pyrrhus sur la tombe
d'Achille. »

Pour avoir croqué une perdrix, le malheureux chat sera immolé à ses mânes.

Un disciple d'Agathias, Damocharis, que
ses contemporains appellent la *Colonne sacrée
de la grammaire*, touché de la douleur de son
maître, crut sans doute lui prouver sa sympathie, en accablant à son tour de ses invectives le même chat :

« Rival des chiens homicides, chat détestable, tu es un des dogues d'Actéon. En man-
geant la perdrix de ton maître Agathias, c'é-
tait ton maître lui-même que tu dévorais. Et
toi, tu ne penses plus qu'aux perdrix, et
aussi les souris dansent, en se délectant de la
friande pâtée que tu dédaignes. »

A regarder l'exagération des invectives de
Damocharis, on se demande si le disciple ne
se moque pas du maître. Voilà bien du tapage

pour une perdrix, et les imprécations adressées au chat *rival des chiens homicides*, assimilé aux *dogues d'Actéon*, semblent un peu énormes.

Toutefois, quel que soit le motif qui a fait rimer Damocharis, on voit, par ces rares fragments du Bas-Empire, que les chats étaient loin du culte que leur rendait l'Égypte.

J'ai parcouru plus d'un musée antique, compulsé de nombreuses publications, interrogé divers archéologues; il semble que le chat ne soit représenté ni sur un vase, ni sur une médaille, ni sur une fresque.

On trouve au Cabinet des médailles une cornaline gravée représentant un sceptre[1] et un épi séparé par l'inscription :

LVCCONIAE
FELICVLAE.

« L'inscription qui paraît sur le cachet, écrit M. Chabouillet dans son catalogue, nous donne les noms de son possesseur, qui fut une

---

[1] Caylus dit, et c'est également aujourd'hui l'avis du directeur du Cabinet des médailles, que le sceptre représente plutôt une aiguille de tête.

femme nommée Lucconia Felicula. Felicula signifie *petite chatte*. Le travail annonce une époque assez basse. »

Tel est le rare monument, consacré aux chats sous la décadence, qu'on peut voir dans nos musées.

En province et en Italie, les preuves de l'acclimation des chats sont plus nombreuses. Millin vit à Orange une mosaïque représentant un chat qui vient d'attrapper une souris; mais la partie où se trouvait l'animal avait été détruite[1].

La mosaïque de Pompéi (dessin, p. 27) est plus significative; le chat croquant un oiseau peut servir d'illustration aux épigrammes de l'*Anthologie*, qui sont presque de la même époque[2].

On voit, au Musée des antiques de Bordeaux, sur un tombeau de l'époque gallo-romaine, la représentation d'une jeune fille tenant un chat dans ses bras. Un coq èst à

---

[1] *Voyage dans le midi de la France*, t. II, p. 153. 1807-1811. 4 vol. in-8º.

[2] Suivant Pline, l'art de la mosaïque date du règne de Sylla, à peu près cent ans avant l'ère chrétienne.

ses pieds. A cette époque on enterrait avec le
corps des enfants leurs jouets, les animaux

Tombeau gallo-romain représentant une jeune fille,
son chat et son coq.
(Musée de Bordeaux. — Haut., 85 c.; larg., 48 c.)

familiers au milieu desquels ils avaient vécu.
Malheureusement la partie principale de ce précieux monument du quatrième siècle, le chat,

qui m'intéresse particulièrement, a été détruite au point de ne plus laisser de l'animal qu'une forme vague [1].

Les anciens auteurs d'ouvrages sur les blasons donnent également quelques renseignements tirés d'auteurs latins.

Suivant Palliot [2], les Romains faisaient entrer leurs chats fréquemment en « leurs Targues et Pavois. »

« La compagnie des soldats, *Ordines Augustei*, qui marchoient sous le colonel de l'infanterie, *sub Magistro peditum*, portoient *en leur escu blanc* ou *d'argent*, *un Chat de couleur de prasine*, qui est de *sinople* ou à mieux dire de vert de mer, comme qui diroit couleur *de gueules*, *le Chat courant et contournant sa teste sur son dos*. Une autre compagnie

---

[1] On lit à la gauche de la tête :

DM

LAFTVS

PAT.

L'autre côté de la niche étant détruit, on ne sait le nom de la jeune fille ; le père s'appelait vraisemblablement LAPITVS ou LAFITVS.

[2] *La Vraye et parfaicte science des armoiries*. Paris, MDCLXIV, in-4°.

du même régiment, appelée les heureux Viel-
lards, *Felices seniores*, portoit *vn demy Chat
ou Chat naissant de couleur rouge sur vn Bou-
clier de vermeil* ou *de gueules : In parma pu-
nicea diluciore,* qui sembloit se ioüer avec ses
pieds, comme s'il eut voulu flatter quelqu'un.
Sous le mesme Chef, un troisième *Chat de
gueules passant avec vn œil et vne oreille, qui
est en vne rondelle de sinople à la Bordure
d'argent,* estoit portée par les soldats, *qui
Alpini vocabantur.* »

Drapeau des anciens Romains.
(Tiré de la *Vraye et parfaicte science des armoiries.*)

Je donne ici, d'après Palliot, le dessin d'un

étendard, tel que cet auteur s'imaginait qu'il existait chez les Romains.

On pourrait en multiplier les exemples en compulsant d'anciens ouvrages sur le blason; mais des monuments imaginaires seraient d'une médiocre utilité pour les curieux.

CHAPITRE IV.

Il est curieux de rapprocher des invectives des poëtes de la décadence contre les chats, quelques fragments de nos poésies populaires de campagne.

Le chat, animal préféré par la nourrice, est le premier être animé qui frappe les oreilles de l'enfance. A des mélodies d'un rhythme particulier le chat est associé; c'est avec un petit drame naïf, au milieu duquel apparaît l'animal, qu'on berce l'enfant. L'enfant s'endort avec un profil fantastique de chat fixé dans le cerveau.

Ce qu'ayant observé, les poëtes populaires introduisirent l'animal dans leurs couplets, comme le témoigne particulièrement la chanson sur les chats et les souris, recueillie en bas Poitou. .

Une société de·souris étant allée au bal et à la comédie,

> Le chat sauta sur les souris,
> Il les croqua toute la nuit. ⁄
> Gentil coquiqui,
> Coco des moustaches, mirlo joli,
> Gentil coquiqui.

Ces onomatopées du refrain encadrent le chat et les souris d'une façon si plaisante, que l'enfant ne les oublie jamais.

Avec les poules et les loups, le chat fait partie de l'histoire naturelle enseignée par les nourrices à leurs poupons. L'animal appartient à la classe des objets remuants qui, comme les *cloches*, vibrent dans leurs tendres cerveaux.

La présence du chat dans les plus pauvres intérieurs, sa silhouette qui se profile à tout instant, son unique syllabe, facile à retenir, expliquent pourquoi l'animal. a une si grande part dans les impressions du jeune âge.

On remplirait un volume des chansons de nourrices sur les chats :

> A B C,
> Le chat est allé
> Dans la neige; en retournant
> Il avait les souliers tout blancs.

Les Allemands particulièrement s'intéressent à ces naïvetés ; toutefois, dans quelques provinces de France, on a recueilli des poésies semblables, témoin celle citée par Jérôme Bujeaud dans ses *Chants populaires des provinces de l'Ouest* :

> Le chat à Jeannette
> Est une jolie bête.
> Quand il veut se faire beau,
> Il se lèche le museau ;
> Avecque sa salive
> Il fait la lessive.

Couplet enfantin qui pourtant forme croquis et dessine le mouvement de l'animal comme avec un crayon.

Chats et souris forment d'habitude une association que les poëtes et les peintres se sont plu à représenter pour l'enseignement de l'enfance, qui, sans raisonner cet antagonisme, est tout de suite appelée à être témoin des luttes entre la force et la faiblesse.

De mon extrême jeunesse, je me rappelle une vieille toile, servant de devant de cheminée, qui représentait, en face d'un pupitre de musique, une douzaine de chats de toute nature et de toute couleur, gros, allongés, noirs, blancs, angoras et matous de gouttières. Sur le pupitre était ouvert, dans son développement oblong, le vénérable *Solfége d'Italie*. Les *notes* étaient remplacées par de petits *rats*, qui imitaient à s'y méprendre les *noires* et les *blanches;* leurs queues indiquaient également les *croches* et les *doubles croches*.

En avant de ses confrères, un beau chat battait la mesure avec la dignité qu'on est en droit d'attendre d'un chef d'orchestre : sa patte, posée sur le cahier de musique, semblait prendre plaisir a égratigner les rongeurs emprisonnés dans les *portées;* mais, malgré les agréments de la clef de *sol*, je crois que les rats auraient préféré la clef des champs.

Le chat noir et la jambe de bois
du comte de Combourg.

Motif que Breughel et Teniers se sont plu à répéter.

Les enfants avaient le cerveau meublé de thèmes ayant rapport au chat; le peuple conserva la même religion pour l'animal. D'où le fond sur lequel ont brodé Perrault, les conteurs norvégiens, allemands et anglais : *le Chat botté, Maître Pierre et son Chat, le Chat de Wittinghton*, etc.

Tous ces contes ont leurs racines dans les traditions populaires, qui fourniraient nombre de pages, si je ne m'en tenais à quelques lignes vraiment fantastiques des *Mémoires* de Chateaubriand :

« Les gens étaient persuadés qu'un certain comte de Combourg à *jambe de bois*, mort depuis trois siècles, apparaissait à certaines époques, et qu'on l'avait rencontré dans le grand escalier de la tourelle. Sa jambe de bois se promenait aussi seule avec un chat noir. »

Ainsi, voilà un conte murmuré à l'oreille de l'enfant par une servante. L'enfant grandira, traversera les orages de la vie, sera appelé aux plus hautes fonctions, deviendra illustre entre tous, et un jour, quand le grand homme évoquera ses triomphes, ses luttes, ses amours, sa fortune politique, sur un fond lumineux se décalquera le *Chat noir,* accompagné d'une *jambe de bois,* tous deux grimpant *l'escalier de la tourelle.*

Un souvenir d'enfance est plus doux au cœur des esprits d'élite que les titres et les honneurs.

Sous les couches de science entassées dans le cerveau des grands travailleurs se détache une chanson de nourrice ; car tel est le caractère propre aux intelligences de rester *enfants* par quelque coin, et de ressentir dans la maturité les impressions de l'enfance.

C'est ce qui explique pourquoi tant d'hommes considérables ont conservé une si vive affection pour les chats.

Manet.

Imp. Cadart et Luce.

J. Rothschild Editeur

CHAPITRE V.

Le chat, regardé comme un animal bizarre, devait entrer naturellement dans le bestiaire héraldique, formé non-seulement d'animaux nobles offrant une signification précise, mais aussi d'animaux chimériques dont la représentation répondait plus particulièrement aux yeux du peuple.

Vulson de la Colombière, l'homme de la science héraldique, qui a donné quelques blasons de chats dans le *Livre de la science héroïque*, dit à ce propos :

« Comme le lion est un animal solitaire, aussi le chat est une bête lunatique, dont les

yeux, clairvoyants et étincelants durant les
plus obscures nuits, croissent et décroissent à
l'imitation de la lune; car, comme la lune,
selon qu'elle participe à la lumière du soleil,
change tous les jours de face, ainsi le chat
est touché de pareille affection envers la lune,
sa prunelle croissant et diminuant au même
temps que cet astre est en son croissant ou en
son décours. Plusieurs naturalistes assurent
que, lorsque la lune est en son plein, les chats
ont plus de force et d'adresse pour faire la
guerre aux souris que lorsqu'elle est faible. »

A cette interprétation je préfère celle d'un
autre commentateur de blasons, Pierre Palliot, qui de l'antagonisme entre les astres imagina une légende bizarre :

« Chat plus dommageable qu'utile, ses mi-
gnardises plus à craindre qu'à désirer et sa
morsure mortelle. La cause est plaisante du
plaisir qu'il nous fait. A l'instant de la création du monde, dit la fable, le soleil et la lune
voulurent à l'envi peupler le monde d'animaux.
Le soleil tout grand, tout feu, tout lumineux,
forma le lion tout beau, tout de sang et tout

généreux. La lune, voyant les autres dieux en
admiration de ce bel ouvrage, fit sortir de la
terre un chat, mais autant disproportionné en
beauté et en courage, qu'elle même est inférieure à son frère. Cette contention apporta de
la risée et de l'indignation ; de la risée entre
les assistants, et de l'indignation au soleil,
lequel, outré de ce que la lune avait entrepris
de vouloir aller de pair avec lui,

> Créa par forme de mépris
> En même temps une souris.

« Et comme ce sexe ne se rend jamais, se
rendit encore plus ridicule par la production
d'un animal le plus ridicule de tous : ce fut d'un
singe, qui causa parmi la compagnie un ris dé-
mesuré. Le feu montant au visage de la lune,
tout ainsi que lorsqu'elle nous menace de l'orage
d'un vent impétueux, pour un dernier effort, et
afin de se venger éternellement du soleil, elle fit
concevoir une haine immortelle entre le singe
et le lion, et entre le chat et la souris. De là
vient le seul profit que nous avons du chat[1]. »

[1] Palliot, déjà cité.

L'origine du chat, comme symbole de l'indépendance, vient sans doute de l'antiquité. Dans le temple de la Liberté, élevé à Rome par les soins de Tibérius Gracchus, la déesse était représentée vêtue de blanc, tenant un sceptre d'une main, de l'autre un bonnet, et ayant à ses pieds un chat, emblême de la liberté. Chez les Grecs et les Romains, longtemps après les Alains, les Vandales et les Suèves portaient *d'or un chat de sable* sur leurs armoiries.

Le peuple, ami des légendes, se plaisait à voir ces êtres fantastiques sur les bannières de ses seigneurs. Les anciens Bourguignons avaient un chat dans leurs armoiries. D'après Palliot, Clotilde « Bourguignotte, femme du roy Clovis, portait *d'or un chat de sable tuant un rat de mesme.* »

La famille Katzen portait d'*azur à un chat d'argent qui tient une souris.*

La Chetatdie, au pays de Limoges, portait *d'azur à deux chats l'un sur l'autre d'argent.*

Les Della Gatta, seigneurs napolitains, portaient d'*azur à une chatte d'argent au lambeau de gueules en chef.*

Chaffardon portait d'*azur à trois chats d'or les deux du chef affrontés.*

Nombre d'autres armoiries pourraient être relevées dans les blasons des familles européennes[1].

Blason des Katzen.

De fantastique, le symbole devint plus positif. A mesure qu'on s'éloignait du moyen âge, chat voulut dire indépendance. C'est ainsi que je m'explique la *marque* des Sessa, imprimeurs à Venise au seizième siècle. On voit sur la dernière page de la plupart

[1] Voir Champfleury, *Histoire des faïences patriotiques sous la Révolution.* 1 vol. in-8°. Dentu, 1867.

de leurs livres, la représentation d'un chat,
entouré de curieuses ornementations. L'imprimerie c'était la lumière; la lumière c'était l'af-
franchissement. Le seizième siècle le comprit
ainsi, car combien de grands esprits furent
persécutés pour l'invention nouvelle, et com-

Marque d'imprimerie des Sessa de Venise.

bien de bûchers furent allumés avec la torche
que ces libres penseurs tenaient en main !

L'Italie surtout, qui fournit tant de martyrs,
n'employait pas la *marque* du chat sans motif.

Du seizième au dix-huitième siècle, je trouve
peu de traces du chat comme symbole de l'indépendance.

Les hagiographes nous dépeignent saint Yves, patron des avocats, toujours accompagné d'un chat, qu'à ce propos Henri Estienne représente comme le symbole des gens de justice.

Il appartenait à la République française de reprendre l'animal pour l'ajouter à son glorieux blason. Maintes fois la figure symbolique de la Liberté fut représentée tenant un joug brisé, un baguette surmontée du bonnet; à côté d'elle une corne d'abondance, un chat et un oiseau s'échappant le fil à la patte.

Prudhon, le doux peintre républicain, le seul qui ait donné un caractère tendre et chaste aux figures allégoriques nationales, a laissé une curieuse symbolisation de la Constitution : la Sagesse, représentée par Minerve, est associée à la Loi et à la Liberté. Derrière la Loi, des enfants mènent un lion et un agneau accouplés. La Liberté tient une pique surmontée du bonnet phrygien et à ses pieds est accroupi un chat.

Avec la République finit le règne du chat, qui, d'ailleurs, n'avait pu s'implanter profondément dans le blason révolutionnaire. Piques,

bonnet de la liberté, faisceaux, niveau égali-
taire, parlaient plus vivement que les animaux

La Liberté, d'après Prudhon.

à l'esprit du peuple. Quelquefois, il faut l'a-
vouer, à cette époque, le chat fut représenté

sous un jour défavorable. Ce n'était plus le
symbole de l'indépendance, mais de la perfi-
die. Le frontispice d'un méchant livre, les
Crimes des Papes, montre aux pieds du prélat
un chat, emblème de l'hypocrisie et de la
trahison.

Le chat paraissait à nos pères un animal
plus bizarre que sympathique. On en a la
preuve par sa fréquence sur les enseignes des
marchands avec de singulières légendes, telles,
par exemple, que la *Maison du chat qui pelote*. Le chat occupa une place considérable
dans l'imagination des boutiquiers. Je ne parle
pas seulement des cordonniers, qui naturellement devaient faire peindre sur leurs façades
le *Chat botté*.

La silhouette de l'animal, sa malice prover-
biale comparée à celle des femmes, son caractère de domesticité mêlée d'indépendance, en
faisaient un être destiné à la représentation
publique. Et aujourd'hui, que s'effacent nos
anciennes coutumes, que la pioche démolit
tout ce qui était cher aux bourgeois parisiens,
ce n'est pas sans regretter les vieilles enseignes

que je m'arrête devant un des derniers débris
du quartier des Lombards , la maison de con-
fiserie qui porte à ses deux angles deux chats
noirs fantastiques.

CHAPITRE VI.

Le chat fut regardé longtemps comme un être diabolique. Il avait le caractère réfléchi. On en fit le compagnon des sorcières. Avec les hiboux et les cornues à formes bizarres, il fait habituellement partie du matériel des alchimistes.

Le moyen âge, qui brûlait les sorcières et quelquefois les savants, devait brûler les chats. Grande colère des brutes contre les songeurs.

M. Édelestand du Méril, dans une brochure sur les usages populaires qui se rattachent au mariage, voit dans l'intervention des chats qu'on attachait sous les fenêtres des veuves remariées la confirmation d'un proverbe relatif à la lubricité de la race féline.

Le chat a-t-il dans la vie un caractère si particulier de lubricité? A coup sûr il est moins impudique que le chien. On entend le chat parler d'amour; mais dans les villes, les gouttières seules assistent à ses transports. Il choisit pour boudoir les endroits les moins fréquentés des maisons, la cave ou le grenier. Le chien s'empare de la rue. Le chat enveloppe ses passions dans le manteau de la nuit. Le chien se plaît à étaler sa flamme au grand jour.

« On croyait encourager aux bonnes mœurs, dit M. du Méril, en jetant quelques chats dans le feu de la Saint-Jean. » En effet, l'abbé Lebeuf cite une quittance de cent sols parisis, signée par un certain Lucas Pommereux, en 1573, « pour avoir fourni durant trois années tous les chats qu'il fallait au feu de la Saint-Jean, comme de coutume. »

L'auteur du *Miroir du contentement*, parle

> D'un chat qui, d'une course brève,
> Monta au feu saint Jean en Grève.

Et on lit dans le journal du médecin Hé-

roard que Louis XIII, dauphin, demanda
grâce à Henri IV pour des chats qu'à propos
de la même fête on allait brûler[1].

J'estime que ces cruautés des siècles passés
doivent plutôt être imputées à la terreur des
sorcières et des chats leurs prétendus aco-
lytes, qu'au désir de réformer les mœurs.

Du moyen âge au dix-septième siècle mille
légendes se mêlent aux souvenirs de l'antiquité
si confusément, qu'aujourd'hui encore l'érudition n'a pas débrouillé ces éléments divers.

Les chats, dans les mythologies du Nord
traînaient le char de Freya, que, depuis leur
conversion au christianisme, ses anciens sec-
tateurs regardent comme la déesse des mœurs
impudiques.

Les Métamorphoses d'Ovide nous apprennent
que Diane se cacha sous la forme d'un chat;
on en a conclu que Diane était la déesse des
sorcières.

La sorcellerie développant tous les vices,
le chat, regardé par plusieurs peuples comme

[1] Voir aux appendices.

prêtant son appui au génie du mal, devait représenter les lubricités de l'amour dans ce concert de passions. L'étude approfondie des monuments et des traditions a besoin d'être pour-
suivie avec plus d'ardeur que jamais, pour
apporter quelque clarté dans ces détails.

Il paraissait certain que le diable empruntait
la robe noire du chat pour tourmenter les gens.
Les légendes sont nombreuses à cet égard.
Le peuple le croyait, les intelligences supérieures l'entretenant dans ces idées. Vincent
de Beauvais rapporte que saint Dominique,
quand il parlait à ses auditeurs du démon, le
représentait sous la forme d'un chat.

Les grands yeux verts et fixes de l'animal
durent contribuer à cette détestable réputa-
tion. Le hibou et tous les animaux de la même
famille qui ont de semblables regards, faisaient partie de l'intérieur des sorcières. Le
chat fut donc une des caryatides princi-
pales de l'antre habité par les démons; cependant la légende quelquefois les mit face à
face en état d'hostilité.

Plus d'un peuple regarde, comme natio-

nale, la tradition de l'architecte qui, ne sachant comment terminer la dernière arche d'un

Fac-simile
d'un dessin d'Eugène Delacroix.

pont, appela le diable à son secours. — « Je
m'engage à mener ton ouvrage à bonne fin,
dit le diable, si tu m'accordes la première
âme qui passera sur le pont. » L'architecte,
plein de ruse, fit passer un chat qui sauta à
la gorge du diable et le griffa de telle sorte que
Satan fut obligé de lâcher cette âme armée de
si terribles moyens de défense.

Il existe même un endroit en Sologne qu'on appelle, en mémoire de cet événement, *le Chaffin* (chat fin).

D'autres bizarres croyances étaient attachées à la présence de ces animaux. Les paysans de l'ancienne France croyaient que si un chat se trouve dans une charrette et que le vent, passant sur ses poils, souffle en même temps sur les chevaux, il en résulte pour ceux-ci une énorme fatigue. Le cheval également, suivant les gens de campagne, supporte une double charge si le cavalier porte à ses vêtements de la fourrure de chat.

Il est vrai que les sorciers ne se faisaient pas faute d'entretenir les paysans dans ces idées, en guérissant l'épilepsie, à l'aide de trois gouttes de sang tirées de la veine située sous la queue du chat; pour l'aveuglement, il fallait souffler trois fois par jour dans l'œil du malade de la poussière faite avec les cendres d'une tête de chat noir brûlé [1].

---

[1] Il n'y a pas cinquante ans encore, les apothicaires vendaient, sous le titre de : *Axungia cati sylvestris*, une prétendue graisse de chat sauvage pour la guérison des abcès, des rhumatismes et des ankyloses.

Un jeune et ingénieux écrivain du *Journal des Débats* me signale, à propos de ces sorcelleries, une question que se posait au dix-septième siècle, Balthazar Bekker. Pourquoi, se demandait l'érudit, se trouve-t-il toujours un chat dans le bagage des sorcières, quand les Livres saints, l'Apocalypse entre autres, font accompagner les sorciers de chiens et non de félins? « Si, au moyen âge répond très-justement M. Assézat, le chat remplace le chien dans les annales de la rêverie humaine, c'est qu'alors la sorcière remplaçait le sorcier. »

La femme, en effet, offre un caractère qui se prête naturellement aux pratiques de l'ensorcellement. Mieux que l'homme, elle lit dans les secrets du cœur. Une vieille qui tire les cartes est autrement imposante qu'un vieillard, et ce n'est pas sans raison que Shakspeare confie au sexe féminin les incantations dans la forêt où pénètre Macbeth. Les poëtes, possesseurs des secrets de l'élément fantastique, y joignent d'habiles réalités. Si la sorcière traverse des espaces nuageux, c'est

à l'aide d'un manche à balai qu'elle enfourche.
Le chat du foyer, l'instrument pour nettoyer
le ménage sont choses familières aux vieilles,
et c'est pourquoi, en compagnie du balai, le
chat fut regardé comme le complice de toutes
les sorcelleries.

Aussi est-il peu de pays où ne se racontent
à la veillée des histoires semblables à celle de
la femme de Billancourt qui faisait cuire une
omelette. Un chat noir, qui se trouvait dans le
coin de la cheminée, dit tout à coup : « Elle est
cuite, il faut la retourner. » La femme effrayée
lui jeta l'omelette brûlante sur la tête. Le lendemain elle rencontra dans le village un de
ses voisins qui passait pour sorcier et qui avait
la figure brûlée. Elle reconnut en lui le *co* de
la veille [1].

Aux siècles passés ces traditions et bien
d'autres se répandaient dans les hautes classes,
et c'est sans doute en raison de ses croyances
aux maléfices que Henri III ne pouvait aper-
cevoir un chat sans se trouver mal.

---

[1] Depuis on a appelé les gens du pays les *cos de Billancourt*. Chat se dit *co* en picard.

Lui-même, le sceptique Fontenelle, contait
à Moncrif qu'il avait été élevé à croire que la
veille de la Saint-Jean il ne restait pas un seul
chat en ville, parce qu'ils se rendaient ce jour-
là au sabbat.

On s'explique alors comment, le jour de
cette fête, le peuple, croyant débarrasser le
pays d'un sorcier, jetait dans un feu de joie
les chats assez innocents pour se laisser at-
traper.

Les paysans, en qui les vieilles coutumes
sont profondément enracinées, obéirent longtemps aux divertissements de la Saint-Jean,
tels qu'ils étaient pratiqués dans les villes. En
Picardie, dans le canton d'Hirson, où se célèbre, la nuit du premier dimanche de carême,
le *Bihourdi*, dès que le signal est donné, fal-
lots et lanternes parcourent le village : au milieu de la place est dressé un bûcher auquel
chaque habitant apporte sa part de fagots. La
ronde commence autour du feu ; les garçons
tirent des coups de fusils, les ménétriers sont
requis avec leurs violons ; alors se font entendre les miaulements d'un chat qui, attaché

à la perche du *bihourdi*, tombe tout à coup dans le feu. Ce spectacle excite les enfants, qui se mêlent au charivari, criant : *hiou! hiou!*

Les Flamands sont plus humains que nous, si on s'en rapporte à un arrêté de 1818, qui défend à l'avenir de jeter un chat du haut de la tour d'Ypres. Cette *fête* avait lieu habituellement le mercredi de la seconde semaine de carême.

Depuis quelques années cependant, les chats échappent en France à ce martyre.

Un chat de moins, ce n'est rien. Un chat de plus, c'est beaucoup.

L'animal sauvé du feu est la marque du pas qu'a fait la civilisation dans les campagnes. Quelques gens du canton ont appris à lire, appris à réfléchir, par conséquent. Un instituteur se sera trouvé qui, ayant quelque influence sur les enfants du village, aura démontré l'inhumanité de brûler un chat. Et le feu de joie n'en est pas moins joyeux !

CHAPITRE VII.

AUTRES ENNEMIS DES CHATS. — LES UTILITAIRES.

Les économistes ayant démontré que toute chose usée et détruite en apparence trouve en industrie une nouvelle forme, il se trouva de braves gens qui entreprirent de réglementer les actes de l'homme de telle sorte qu'aucun ne restât stérile. Je me rappelle, entre autres idées baroques, celle de l'homme qui invitait les architectes à construire le plancher des salons de telle sorte que le blé se trouvât écrasé par les pieds des danseurs, sans que ce *travail* nuisît à leurs plaisirs.

Il peut être rangé dans la même catégorie, l'inventeur du seizième siècle qui imagina de répandre la terreur dans les rangs des armées ennemies, en mettant le feu à des canons remplis d'odeurs pestilentielles, que des chats portaient attachés à leurs flancs.

M. Lorédan Larchey, qui visitait les musées et les archives de la France pour enrichir de monuments inédits ses *Origines de l'artillerie*, fit la découverte de ce singulier document à la Bibliothèque de Strasbourg.

Il n'est pas présumable que cette invention fût appliquée par la suite : du moins les historiens n'en font pas mention.

D'autres spéculèrent sur l'animal, non pour l'employer à des travaux utiles, mais comme montre, comme spectacle.

Le moyen âge, si curieux de bizarreries, la Renaissance, qui garda longtemps des traces de barbarie des siècles précédents, s'ingénièrent à mettre des animaux en scène.

Il était peu de fêtes publiques, d'entrées triomphales de rois dans une ville, sans quelque spectacle dont les animaux faisaient les frais ; et, ce qui peint bien l'état des esprits à ces époques, de réels savants martyrisaient les *bêtes*, les employant comme acteurs dans des représentations aussi singulières qu'inutiles.

L'Espagnol, Jean Christoval, a rendu compte d'une procession qui eut lieu à Bruxelles, en 1549, à l'occasion des fêtes données à Philippe II :

« Le corps de musique, dit-il, était sur un grand char : dans le milieu un grand ours assis touchait une espèce d'orgue, non pas composée de tuyaux à l'ordinaire, mais d'une vingtaine de chats, enfermés séparément dans des caisses étroites, où ils ne pouvaient se remuer ; leurs queues sortaient en haut et étaient liées à des cordes attachées aux baguettes de l'orgue ; à mesure que l'ours pressait sur les touches, il faisait lever ces cordes et tirait les queues des chats pour les faire miauler des tons de basses, de tailles et de dessus, selon la nature des airs. »

Au son de cette musique dansaient des singes vivants et d'autres animaux à articulations mécaniques : des loups, des cerfs etc.

« Quoique Philippe II, dit le chroniqueur,

fût le plus sérieux et le plus grave des hommes, il ne put s'empêcher de rire, en voyant la bizarrerie de ce spectacle. »

En effet, voilà les divertissements qu'il faut aux princes fanatiques et sanguinaires. L'art, dans son essence pure, les laisse froids, et tel est le châtiment infligé à la férocité de ne pouvoir être apaisée ni détendue par la poésie et la musique.

Si, du cruel Philippe II, on se reporte à la science, il faut interroger l'homme qui se préoccupa toute sa vie de singularités musicales, le Père Kircher. L'orgue de chats dont il donne la description offre cependant des variantes avec la mécanique inventée par les Flamands en l'honneur de Philippe II. Au lieu de cordes qui tirent les queues des chats, Kircher parle de pointes fixées au bout des touches qui, piquant l'appendice caudal de ces animaux, déterminaient nécessairement de vifs miaulements.

Invention barbare, dont le résultat mélodique devait être d'un médiocre agrément.

Un autre érudit du dix-septième siècle, qui

s'inspira plus d'une fois des travaux du Père
Kircher, entreprit de vulgariser l'invention
de l'orgue des chats. Au chapitre *Felium
Musicam exhibere* de la *Magia universalis*,
Gaspard Schott joint un dessin de la machine
dans laquelle les animaux sont enfermés.
C'est une boîte longue de l'ouverture de la-

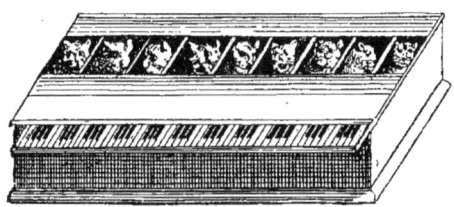

Orgue de chats, d'après une gravure de 1657.

quelle passe la tête des chats qui, pleins de
colère produite non-seulement par l'emprison-
nement, mais par la douleur provoquée à la
queue, l'endroit le plus sensible, prêtaient à
rire à ceux qui sont sans pitié pour la souffrance.

Cet orgue ne semble pas avoir obtenu un succès considérable. Les animaux, au sortir de
cette boîte cellulaire, devaient se montrer d'un

commerce difficile. Le chat n'est pas de ceux qui lèchent la main qui les frappe.

Il se trouva d'autres gens qui entreprirent de faire paraître en public des chats savants et musiciens.

Une image en bois, d'une exécution tout à fait primitive, représente un montreur d'animaux, ayant sur la tête et les épaules des chats accroupis, devant une table sur laquelle cinq d'entre eux jouent de la viole, de la basse et de la mandoline, pendant que leurs camarades déchiffrent des *miaou* inscrits sur des cahiers de musique. En tête de l'estampe on lit en gros caractères : *La musique des chats*, et sur un phylactère : *Ceans lon prend pensionnaires et le maistre va monstrer en ville.*

Le costume du personnage, les tailles de l'image donnent à cette représentation la date du dix-septième siècle. Je connais une répétition du même sujet, mais non du même burin, avec la signature *P. Gallays excudit*. Le cuivre a été choisi cette fois pour conserver à la postérité les talents musicaux de ces chats. Tous les détails sont semblables au bois primitif,

La Musique des Chats

Ceans l'on pend pensionaires, et le maistre va monstrer en ville.

LE MONTREUR DE CHATS.

Fac-simile d'une estampe du dix-septième siècle.

mais traités d'une façon moins barbare; au-
dessous de la gravure au burin on lit les vers
suivants :

> Vous qui ne sauez pas ce que vaut la musique,
> Venez-vous en ouïr le concert manifique
> Et les airs rauissants que iaprens aux Matous.
> Puisque ma belle voix ren ces bestes docilles,
> Je ne scaurois manquer de vous instruire tous
> Ni de vous esclairsir les nottes difficiles.

Il existait donc, à la fin du dix-septième
siècle, un homme moitié saltimbanque, moitié
guérisseur (*céans l'on prend des pensionnaires*),
qui faisait d'assez bonnes affaires avec ses musiciens à quatre pattes pour se donner le luxe
d'estampes représentant sa profession, et, sans
doute, l'image en bois était une affiche pla-
cardée dans les rues de Paris.

Malgré l'extrême difficulté que devait présenter l'enseignement d'une musique quelconque à des animaux si indépendants, ce spectacle trouva des imitateurs.

A la foire Saint-Germain, au dix-hui-
tiéme siècle, le naturaliste Valmont de Bomare
vit un montreur de curiosités qui avait affiché
à la porte de sa baraque une pancarte avec le

mot *Miaulique*, en gros caractères, ce qui voulait dire musique de chats.

A l'intérieur, les chats apparaissaient sur une table un cahier de musique devant eux ; au signal donné par un singe qui faisait fonctions de chef d'orchestre, les chats poussaient des miaulements.

Une feuille de 1789 rapporte qu'un Vénitien avait également monté, à cette époque, des concerts de chats à Londres. Les animaux obéissaient aux moindres signes de leur maître ; mais il avait fallu de longues années pour arriver à ce médiocre résultat.

On se demande ce que la foule trouve de piquant dans le spectacle des singes, chiens ou chats savants. Pour atteindre à cette *science*, combien les animaux ont-ils reçu de coups? ceux surtout qui, comme l'a dit le poëte, ne peuvent

> Au servage incliner leur fierté.

Aussi leur physionomie conserve de cet enseignement quelque chose de contraint, de piteux, d'attristant. Les oripeaux dont

on les recouvre les gênent. Ils ne sont plus
libres, osent à peine regarder en face le
montreur qui les fixe durement, et leurs yeux
timides semblent recouverts d'un voile. On
leur commande un exercice, ils l'exécutent
avec l'inquiétude qu'exerce le souvenir d'un
gourdin sans cesse levé sur leur échine. Tout
devient piteux en eux : oreilles, queues, qui,
d'habitude ondoyantes et fières, s'abaissent
mornes et consternées.

Les Chinois, meilleurs observateurs que
nous, ne cherchèrent pas à faire exécuter à
l'animal des actes auxquels sa nature se re-
fusait : du chat ils firent une horloge. Le
Père Huc rapporte qu'il fut mis en relations à
Pékin avec des naturalistes indigènes qui lui
montrèrent de quelle manière on pouvait se
servir des chats en guise de montre. « Ils
nous firent voir, dit le missionnaire, que la
prunelle de son œil allait se rétrécissant à
mesure qu'on avançait vers midi ; qu'à midi
juste elle était comme un cheveu, comme
une ligne d'une finesse extrême, tracée per-
pendiculairement sur l'œil ; après midi la

dilatation recommençait. Quand nous eûmes
examiné bien attentivement tous les chats,
nous conclûmes qu'il était midi passé ; tous les
yeux étaient parfaitement d'accord. »

Véritables utilitaires que les Chinois.

*Vapeurs empoisonnées lancées
par le moyen d'animaux. Ce pro-
cédé ne doit pas être employé
contre les chrétiens.*

Fac-simile d'un dessin du livre manuscrit du maître d'artillerie Christophe de Habspug, donné en 1535 au Con-
seil des Vingt et un de Strasbourg.

CHAPITRE VIII.

A L'ADRESSE DES UTILITAIRES.

J'entrai un soir, assez mélancolique, dans un café-concert. Ni les jeunes dames agaçantes, ni les ténors, ni l'orchestre, ni le public ne parvenaient à m'intéresser, lorsque apparut sur les planches un être pâle, grêlé, maigre, râpé, des plaques de rouge sur le nez, un mauvais feutre sur la tête.

Cet homme avait l'apparence lugubre : c'était le comique.

Il chanta une chanson sur les chats, dans laquelle l'animal était comparé à un chapon, à un chameau, à une chaloupe, à un chapiteau.

Ces premiers jeux de mots me laissèrent froid.

Cependant, comme le comique insistait, évoquant la chapelure des boulangers, les chapelles des églises, les chars-à-bancs des voyageurs, les chacals du désert et les shakos des soldats, je me laissai aller à la gaîté du public, que ces facéties divertissaient fortement.

Le comique avait connu un pacha qui faisait des siennes avec des chats; l'un d'eux malheureusement s'approcha; il l'attacha, l'embrocha, l'éplucha, le trancha, le hacha et le mâcha. Puis vint un juge qui s'effaroucha, se pencha, cracha et se moucha.

Le juge rentrait dans son chalet, ôtait son chapeau, demandait son chasse-mouche déposé sur un châssis, et finalement traitait sa servante de chabraque pour avoir laissé brûler les châtaignes.

Le public se tordait.

— Messieurs, disait le comique, je n'aime pas qu'on me chamaille.

Il faisait une série d'entrechats, était pris

d'un violent rhume, et, disait-il pour terminer, je crains qu'aucun médecin ne puisse guérir de *matou*.

Je déclare, à ma confusion, que ma mé-
lancolie disparut, effarouchée de cette avalanche de jeux de mots.

Il est douteux qu'aucun animal, en histoire
naturelle, offre autant d'utilité au développement de l'esprit français.

CHAPITRE IX.

ENNEMIS ACHARNÉS DES CHATS :

LES CHASSEURS.

On voit dans la campagne, à la porte des chaumières, des animaux tristes, maigres, la robe couleur de broussailles, qui jettent à la dérobée un coup d'œil timide sur l'épaisse tartine que l'enfant dévore en leur présence. Ce sont des chats ; ils savent qu'ils n'ont pas une miette à recueillir de l'épaisse tartine.

Aux fêtes de famille, pendant lesquelles les paysans dévorent des porcs tout entiers, le chat n'ose passer le seuil de la porte ; des coups de pied, voilà ce qu'il recueillerait de la desserte.

C'est à ces animaux qu'on peut appliquer

ce que dit Diderot de ceux de sa ville na-
tale : « Les chats de Langres sont si fripons
que, même lorsqu'ils prennent quelque chose
qu'on leur donne, on dirait, à leur air soupçonneux, qu'ils le volent. » Ce n'est pas seulement à Langres que les chats ont cet air
soupçonneux et fripon ; changez *Langres* par
campagne, l'observation sera juste et appli-
cable partout où un préjugé barbare règne
contre ces animaux.

Quand, l'hiver, un feu de sarments pétille au
fond de la cheminée, le chien s'étale paresseusement devant le foyer, en défendant l'approche
au chat. Ce n'est que dans les grosses fermes
où l'abondance s'étend des gens aux bêtes et
entretient un semblant d'harmonie entre tous,
que, timidement, le chat se rapproche du chien
qui, entre les jambes de son maître, rêve de
ses aventures de chasse ; mais là où sévit la
misère, il n'y a pas de sûreté pour les chats,
considérés, malgré leur utilité incontestable,
comme moins amis de l'homme que le chien.

Où se nourrit le chat de village, où il s'a-
breuve, personne ne s'en inquiète. La chatte,

à l'époque de mettre bas, se cache dans l'endroit le plus sombre du grenier; si elle tombe malade, c'est dans quelque coin qu'elle termine ses jours, ne laissant aucun regret.

Durs pour les animaux, durs pour les vieillards, tels sont trop souvent les gens de campagne. — Bouches inutiles! disent-ils.

Voilà les chats qui doivent déployer de l'industrie pour ne pas mourir de faim.

La nature les a taillés pour la chasse; ils deviennent fatalement chasseurs, et c'est pourquoi ils ont éveillé la colère de rivaux menaçants, des hommes, qui leur font une guerre injuste et cruelle.

« Je ne rencontre jamais un chat en maraude, dit M. Toussenel, sans lui faire l'honneur de mon coup de feu. »

Et c'est l'homme qui écrit parfois des pages heureuses en faveur des oiseaux qui parle ainsi! Il ne lui suffit pas de tuer des chats cherchant leur vie, il excite les chasseurs à imiter sa cruauté : « J'engage vivement tous mes confrères en saint Hubert à faire comme moi, » ajoute le fouriériste.

Le chat de campagne, d'après un dessin de Ribot.

Ce n'est pas avec de tels conseils que M. Toussenel ramènera des disciples à l'utopiste Fourier.

Sans tomber dans la sensiblerie, on s'explique difficilement de pareils sentiments. Une antipathie pour un animal n'excuse pas la cruauté. Tirer un coup de fusil inutile sur un chat ferait prendre en horreur ces chasseurs un peu brutes qui se croient tout permis parce qu'ils portent un fusil en bandoulière.

L'article consacré au chat par M. Toussenel ne montre pas bien quels griefs sérieux le phalanstérien peut invoquer contre un innocent animal.

« La passion des chats est un vice de gens d'esprit dégoûtés, dit le chasseur fouriériste; jamais un homme de goût et d'odorat subtil n'a été et ne sera en relations sympathiques avec une bête passionnée pour l'asperge. »

S'il fallait tirer des coups de fusil à tous les gens qui adorent les asperges, la France serait bientôt décimée.

Le chat aime les herbes nécessaires à son hygiène. L'animal à la campagne fait suivre sa toilette d'une déglutition d'herbes et de plantes. Ces verdures lui manquant dans l'intérieur des appartements, n'est-il pas naturel qu'au printemps le chat veuille goûter, comme ses maîtres, à de savoureux légumes?

Il n'y a pas là matière à coups de fusil.

Un autre grief de M. Toussenel contre la chatte domestique tient à son accouplement avec le chat sauvage. A l'en croire, la race des chats sauvages serait aujourd'hui détruite si la chatte ne la perpétuait par de fréquents croisements.

«Chose remarquable et bizarre, ajoute le fouriériste, que ce soit ici la femelle qui fasse retour à la sauvagerie, car cette rétrogradation de la part de la femelle est contraire à la règle générale des animaux. On sait que, dans toutes les races animales ou hominales, le progrès s'opère par les femelles. Ainsi il n'y a pas d'exemple que la chienne ait jamais accepté la mésalliance avec un hôte des bois, le loup et le renard, tandis que tous les jours, au contraire, on voit la louve écouter les propos

amoureux du chien, et même faire des avances
à celui-ci dans le voisinage des bois. »

A la suite de ces affirmations, qui auraient
besoin de preuves, se déroule une enfilade
d'analogies paradoxales et de prolixes compa-
raisons amenées par une chatte de village qui
s'est laissé séduire par un chat sauvage!

Que faut-il conclure de tels accouplements,
à supposer toutefois qu'ils aient lieu? Qu'ils
sont utiles pour conserver la pureté de la race,
et que chats et chattes de village ne méritent
pas les coups de fusil appelés avec tant d'inhumanité sur leurs têtes.

CHAPITRE X.

CONSEILS AUX CHASSEURS.

Les chasseurs aiment les plaisirs de la table. C'est là surtout qu'ils content leurs exploits. Quelques-uns même se distinguent par des recettes de cuisine dont ils ont le secret. Moi aussi j'ai étudié l'ordonnancement d'un repas ailleurs que dans la *Cuisinière bourgeoise*, et je veux indiquer aux chasseurs une application particulière de l'intelligence des chats, qui offre son utilité en art culinaire et relèvera sans doute l'animal dans leur estime.

Quelques cuisinières ont l'habitude, pour le déjeuner, de préparer, avec un couteau, des coquilles de beurre.

En en laissant une motte à portée des chats,
ils accomplissent ce travail beaucoup mieux
que les cuisinières.

Leur langue râpeuse dessine des fleurs très-
agréables sur le beurre.

CHAPITRE XI.

LA STATISTIQUE ET LA RACE FÉLINE.

Le chat domestique de campagne a d'autres
ennemis, plus acharnés s'il est possible, que
les chasseurs : le *Journal d'agriculture pratique* contenait dernièrement un énorme réqui-
sitoire à son sujet.

Suivant le rédacteur, le plus grand destruc-
teur du gibier, c'est le chat. La nuit, il rôde
dans la campagne, guettant avec plus de patience qu'un pêcheur à la ligne les lièvres et
les lapins qui s'ébattent, enhardis par l'obscu-
rité. Les bonds du chat sont, d'après l'accusation, aussi terribles que ceux d'une panthère ;
d'un saut, l'animal tombe sur les lapereaux, et

on lui fait un crime que ses griffes pénètrent dans les chairs comme un hameçon.

Le rossignol commence sa chanson; tout à coup il s'interrompt. Rossignol et chanson sont tombés dans la gueule du chat.

Les paysans font la chasse aux ortolans à l'aide de piéges qu'ils tendent dans les vignes; s'il ne reste que des plumes à côté des engins, c'est que le chat, friand de becs-figues et d'ortolans, s'en sera passé le régal.

Plus nuisible à lui seul, chat, que les destructeurs de basse-cour, la fouine, la belette ou le loup. L'immense avantage du chat sur ces carnassiers est qu'il travaille en paix sans exciter de soupçons. Il est chez lui.

Le moindre bruit de l'intérieur de la ferme effraie le renard qui rôde sournoisement aux alentours. Il faut que les blés soient assez hauts pour tenir lieu de chemin couvert au renard.

Un petit buisson sert de cachette au chat. Blotti dans des branches d'arbres, il fait plus de ravages dans les nids que tous les vauriens du canton.

Il a de singulières facultés magnétiques :
son œil vert fascine les oiseaux et fait qu'ils
tombent tout crus dans son gosier.

Le chien inspecte un champ à vue de nez,
et une tournée rapide ne lui permet pas de découvrir tous les oiseaux blottis dans les sil-
lons. Le chat, plus réfléchi, furette minutieu-
sement; ses pattes de velours lui permettent
d'approcher sans bruit. Rien ne lui échappe
d'une poussinée de perdrix.

Son oreille délicate perçoit le cri de rallie-
ment de la femelle du lièvre pour rassembler
ses petits. A ce signal arrive le chat, et les
lapereaux, il les rassemble dans son estomac.

Le lièvre se défend contre le loup, contre
le lapin, son plus cruel ennemi, et cherche
protection auprès de l'homme. Pas d'animal
qui accepterait plus volontiers la domesticité.
Il affectionne les haies, les fossés aux alentours
des fermes. On rencontre souvent le lièvre dans
les potagers. La société des vaches à l'étable
ne lui déplaît pas, et quelquefois la servante,
en allant tirer du vin au cellier, aperçoit le
profil de ses grandes oreilles; mais le chat

est là qui dévore impitoyablement l'animal venant demander l'hospitalité à la ferme.

A en croire le même témoin à charge, le renard, la fouine, le putois, le loup sont absents de certaines contrées; si le busard et le gerfaut s'y montrent, ce n'est que pour apparaître et disparaître aux équinoxes. Les lièvres et les lapins n'en disparaissent pas moins comme par enchantement! L'enchanteur, suivant cette déposition, serait le chat, qui croquerait, année moyenne, *quatre-vingt-dix* lapereaux sur *cent*.

Pourtant le chat de campagne est triste et maigre.

Sa tristesse, j'en ai dit la raison. Bourré de coups plus que de viande, méprisé autant que le chien est adulé, ne recevant jamais de caresses, délaissé par des natures brutales qui ne comprennent pas ses trésors d'affec-

tion, le chat souffre dans sa délicatesse. Pas
de jambes amies contre lesquelles il puisse se
frotter; la voix des gens de campagne semble
rude à un animal d'une ouïe d'une exquise
finesse. Dans sa jeunesse, il miaulait doucement pour satisfaire son appétit; personne
ne l'a écouté. Le chat est devenu misanthrope;
ses meilleures qualités se sont aigries. Il est
allé demander à la solitude des champs et
des bois un baume à ses mélancolies; ni les
pâtures ni les forêts ne rendent l'enjouement,
et c'est pourquoi le chat de village est triste.

Sa maigreur semble bizarre en présence des
méfaits que le *Journal d'agriculture pratique*
lui implique. Sans doute, la vie sauvage
n'embellit pas les êtres à la façon des villes;
un appartement bien chaud lustre le poil mieux
que la brise; mais le gibier si abondant dont
on lui reproche la destruction devrait avoir
quelque action sur l'estomac de l'animal.

On a vu l'étalage des déprédations des
chats; le statisticien est plus terrible à son endroit, qu'un procureur impérial.

Le nombre des maisons rurales, en France,

est évalué à six millions. Dans chacune,
au village, on peut compter un chat, sinon plusieurs. Voilà donc plusieurs millions
de carnassiers destructeurs de gibier. Conséquence, six millions de chats à exterminer.

Le rédacteur qui a aligné ces chiffres enjoint
aux propriétaires ruraux d'empêcher leurs
fermiers, métayers, vignerons, pâtres, meu-
niers, forestiers, journaliers, de conserver
des chats chez eux; pour lui, comme pour
M. Toussenel, un coup de fusil terminerait
promptement l'affaire.

Il n'est pas tenu compte dans cette statis-
tique de la conservation des grains. Les rats,
les souris et autres rongeurs semblent n'avoir
jamais existé. On ne dit pas que la seule présence du chat dans une maison suffit à éloigner les destructeurs de blé.

La passion égare les ennemis de la race féline. Ce n'est pas tout que de dresser un ré-
quisitoire; chaque accusé a droit de faire
entendre des témoins à décharge. La mission
des chats à la campagne a-t-elle été assez étu-
diée pour qu'on les condamne si facilement?

Ils protégent l'enserrement du grain, cela est attesté par leurs combats avec les rats; mais ne font-ils pas la guerre à d'autres animaux, aux putois et aux belettes par exemple[1]?

Les rapports des Conseils généraux sur les animaux nuisibles constatent qu'à une époque on mit à prix la tête des moineaux : un an après on s'aperçut que ces moineaux *nuisibles* pouvaient être *utiles*; il fut enjoint alors aux juges de paix de sévir contre les galopins qui s'emparent des nids.

Conseillers d'État, naturalistes, préfets, statisticiens, se contredisent : ce qu'un département acclame est sifflé par le département voisin.

Nous manquons d'observateurs attentifs et de philosophes pour dérober à la nature ses secrets. Chaque être vivant accomplit une mission : cette mission nous échappe. Plus destructeurs que les animaux que nous accusons, nous ressemblons dans notre ignorance

---

[1] M. George Barral, dans le *Journal de l'Agriculture*, croit que les gens de campagne pourraient, avec de meilleurs traitements, tirer parti de ce qu'un de ses collaborateurs, pépiniériste, membre d'une Société quelconque d'acclimatation, appelle les instincts «criminels» de «tigres domestiques.»

au vieillard d'un noël franc-comtois qui,
poussé à bout par la logique d'un enfant, se
fâche pour clore la discussion.

« Qui est-ce qui a fait les étoiles? demande
l'enfant. — C'est Dieu, répond le vieillard.
— Le soleil? — C'est Dieu. — Les perdrix,
les bécasses, les lièvres, les poulets, les din-
dons, les lapereaux sont encore l'ouvrage de
Dieu, » continue le vieillard.

Toutes choses frappant les yeux de l'enfance
sont formulées par le poëte qui, à chaque
réponse, met dans la bouche du vieillard le
nom du Créateur.

« Dites-moi, s'il vous plaît, est-ce Dieu,
continue l'enfant, qui a créé les puces et les
punaises?

— Babillard, langue indiscrète, dit le vieillard, si tu interromps encore l'histoire, je te
donne un coup de pincettes sur les doigts. »

CHAPITRE XII.

Il était peu de bibliothèques à la fin du siècle dernier, qui ne continssent quelque manuscrit de Brunettes et de Ponts-neufs, copiés soigneusement à la main. Ces chansons, nos pères les apprenaient par cœur et les entonnaient joyeusement au dessert.

Entre ces airs bachiques il faut citer particulièrement celui du *Curé de Pomponne*, qui remplissait chacun de bonne humeur.

> Ah, il m'en souviendra,
> Larira,
> Du curé de Pomponne.

Chante-t-on encore le *Curé de Pomponne?*

Eug. Lambert pinx & sc. Imp. Cadart & Luce. J. Rothschild, Editeur.

JEUX DE CHATS.

J'ai peur que le timbre n'en ait été oublié au
milieu des préoccupations musicales modernes.
Aussi, à titre archéologique, la notation
trouve-t-elle naturellement place ici, car elle a
été appliquée à une chanson facétieuse qui a
pour titre : *Le chat de ma voisine.*

Les amateurs de facéties qui désireraient

7

une illustration plus littérale de ce couplet la
trouveront au Musée de Nevers, où un saladier,
caché prudemment dans l'ombre, représente
un cordonnier gaillard qui essaie une paire de
mules à une jolie fille, en lui tenant un discours en rapport avec le Pont-neuf ci-dessus.

CHAPITRE XIII.

LES CHATS DEVANT LES TRIBUNAUX.

Les chats sont fréquemment mêlés à de graves affaires juridiques de testament, d'interprétation de legs, d'interdiction pour ce qui touche à leurs anciens maîtres, de meurtre pour ce qui les regarde particulièrement. De tous les animaux, c'est celui qui occupe le plus les tribunaux civils et correctionnels.

Là se dévoile l'affection profonde portée aux chats. On accusera sans doute à ce propos les célibataires, les vieilles filles, les employés, tous gens de basse condition qui inspirent un intérêt médiocre. Et pourtant il me serait facile d'ouvrir une parenthèse favorable à la

vieille fille emprisonnée dans la coquille du cé-
libat, que le manque de dot a empêchée de tenir
un rang dans la société. La pauvreté l'a rendue
timide; la timidité l'a jetée dans la solitude,
et toute illusion perdue, sans espoir d'époux,
ni d'enfants, elle reporte ses sentiments affectueux sur la tête d'un chat, son seul ami. Pour
peu que l'animal réponde à ces affections par
un regard, un *ronron*, la vieille fille oublie les
tristesses de la solitude.

Mais le chat n'inspire pas seulement ces
tendresses aux gens du commun. Le fameux
lord Chesterfield laissa des pensions à ses
chats et à leur descendance.

Des legs de même nature faits aux chats
par-devant notaire, ont été souvent attaqués
par des héritiers avides, qui profitent de l'affection de leur parent pour les animaux pour
vouloir faire interdire le testateur en l'accusant
de folie.

Sans doute, les procès d'interdiction révèlent
de nombreuses bizarreries. C'est là que sont
montrés au grand jour les misères, les cerveaux mal équilibrés, de notre pauvre espèce;

mais aussi que de rapacité, combien peu de
respect de la famille dans ces débats pénibles
par l'amour de l'argent, par l'intention d'an-
nihiler la volonté de vieux parents en appelant
la justice à constater leur démence!

Un procès fit du bruit il y a quelques années : la demande d'interdiction d'un frère
contre sa sœur, parce qu'elle « avait fait monter en bague la dent de son chat mort, » ce
qui, suivant le demandeur, constituait un véritable acte de démence et d'imbécilité.

M⁰ Crémieux plaidait pour l'amie des chats.

« Vous magistrats, nous avocats, s'écriait-il,
dans ces grandes gloires qui nous sont communes, oublierons-nous Antoine Lemaître,
l'une de nos pures, de nos plus magnifiques
renommées? Retiré à Port-Royal, quand, avec
ses deux oncles, immortels comme lui, il avait,
pendant quelques heures, conversé des plus
hautes questions du temps, chaque soir, rentré
dans sa cellule, il se plaisait à se délasser avec
ses deux chats, dont la société lui était chère et
précieuse, et qui, chaque jour, avaient son premier mot au réveil, son dernier au coucher.

« Dans notre société, je puis vous citer une dame qui porte le nom de Séguier. Naguère encore elle a soigné affectueusement, perdu et fait enterrer une chatte qu'elle aimait. Ses enfants, qui savent tout ce qu'elle vaut comme mère et comme femme, ne se sont pas avisés de la faire interdire.

« Le nom du général Houdaille est venu jusqu'à vous : brave comme son épée, parvenu du grade de simple officier au grade de général d'artillerie, il a conservé jusqu'à sa mort une véritable tendresse pour les chats ; il en avait trois, toujours avec lui dans l'intérieur de son appartement de garçon. Forcé de conduire, de Toulouse à Metz, le régiment dont il était alors colonel, il revient de sa personne à Toulouse prendre ses chats et les conduire dans sa nouvelle garnison. »

M⁰ Crémieux aurait pu ajouter à la défense les noms de quelques illustrations étrangères considérables, qui, de leur vivant, vouèrent un culte au chat. Le Tasse n'a-t-il pas adressé le plus charmant de ses sonnets à sa chatte ? Pétrarque aima presque autant

que la belle Laure une chatte, qu'il fit em-
baumer à la mode égyptienne.

Les Anglais ont conservé le souvenir du
cardinal Wolsey, qui, pendant ses audiences
en qualité de chancelier, avait toujours son
chat sur un siége à côté de lui.

Malheureusement je n'ai pu me procurer
pour la faire copier, une gravure anglaise
représentant le lord-maire du quinzième siècle,
Wittington, la main droite posée sur un chat,
gravure inspirée par une statue élevée au
grand administrateur dans une niche de l'ancienne prison de Newgate.

Les Anglais n'apporteraient pas dans leurs
décisions judiciaires la même indifférence
qu'en France pour la sûreté des chats[1].

Si du tribunal civil on passe aux justices de
paix, on verra combien de dangers court le
chat domestique. La loi ne le protégeant pas
suffisamment, il est mis à mort par les chiffonniers, qui ne le vendent pas aux gargotiers pour
en faire des gibelottes, comme on le croit, mais

---

[1] Un recensement moderne porte à 350,000 le nombre
des chats en Angleterre.

qui en font un commerce avec les fabricants de jouets.

Pour attirer les chats, les chiffonniers emploient la valériane, dont ils ont soin d'empreindre les endroits propices à leurs méfaits.

Ces chiffonniers tombent rarement sous le coup de la loi.

En 1865, le juge de paix de Fontainebleau rendit un jugement dont les dispositifs, qui firent grand bruit alors, doivent être consignés ici.

Un habitant de la ville, mécontent de voir les chats du voisinage prendre leurs ébats dans les plates-bandes de son jardin, avait tendu tant de piéges qu'il ne prit pas moins de quinze de ces animaux qui disparurent à jamais, laissant une légende sanglante dans une ville d'habitudes pacifiques.

Les voisins de ce propriétaire barbare se réunirent pour l'attaquer en justice. Le juge de paix rendit une sentence longuement motivée, dans laquelle la nature et les habitudes des chats, les principes du droit, les textes

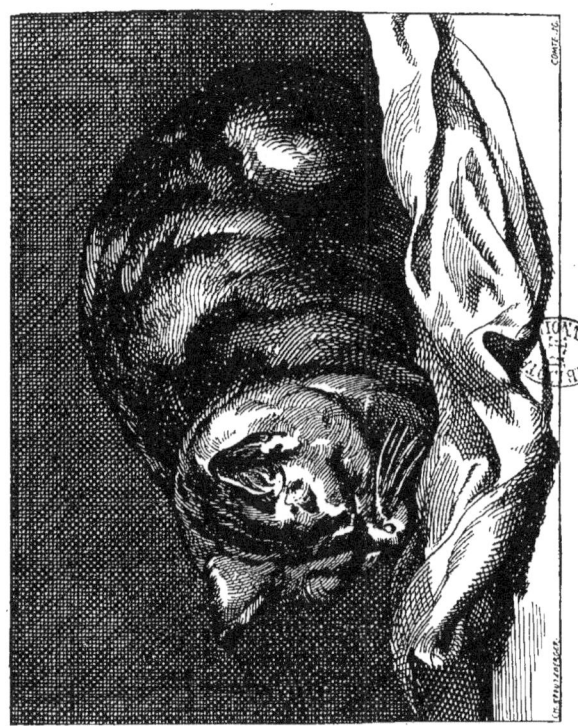

D'après la fameuse estampe de Corn. Wisscher.

législatifs étaient exposés avec une gravité dont
on se moqua, bien à tort à mon sens.

Dans ces considérants il était dit :

« Que la loi ne permet pas que l'on se fasse
justice soi-même ;

« Que l'article 479 du Code pénal et l'article
1385 du code Napoléon reconnaissent plusieurs espèces de chats, notamment le chat
sauvage, animal nuisible pour la destruction
duquel seulement une prime est accordée,
mais que le chat domestique n'a rien à voir
à ce titre aux yeux du législateur ;

« Que le chat domestique n'étant point *res
nullius*, mais propriété d'un maître, doit être
protégé par la loi ;

« Que le chat étant d'utilité incontestable
vis-à-vis des animaux rongeurs, l'équité
commande d'avoir de l'indulgence pour un
animal toléré par la loi ;

« Que le chat même domestique est en quelque sorte d'une nature mixte, c'est-à-dire un
animal toujours un peu sauvage et devant demeurer tel à raison de sa destination, si on veut
qu'il puisse rendre les services qu'on en attend ;

« Que si la loi de 1790, titre XI, art. 12 *in fine*, permet de tuer les volailles, l'assimilation des chats avec ces animaux n'est rien moins qu'exacte, puisque les volailles sont destinées à être tuées tôt ou tard et qu'elles peuvent être tenues en quelque sorte sous la main, *sub custodia,* dans un endroit complétement fermé, tandis que l'on ne saurait en dire autant du chat ni le mettre ainsi sous les verroux, si on veut qu'il obéisse à la loi de sa nature;

« Que le prétendu droit de tuer, dans certains cas, le chien, animal dangereux et prompt à l'attaque sans être enragé, ne saurait donner par voie de conséquence le droit de tuer un chat, animal prompt à fuir et qui n'est point assurément de nature à beaucoup effrayer;

« Que rien dans la loi n'autorise les citoyens à tendre des piéges, de manière à allécher par un appât aussi bien les chats innocents de tout un quartier que les chats coupables;

« Que nul ne doit faire à la chose d'autrui ce

qu'il ne voudrait pas que l'on fît à sa propre chose ;

« Que tous les biens, d'après l'article 516 du Code Napoléon, étant en meubles et immeubles, il en résulte que le chat, contrairement à l'article 128 du même Code, est sans contredit un meuble protégé par la loi, et qu'en conséquence les propriétaires d'animaux détruits sont en droit de réclamer l'application de l'article 479, § 1er du code pénal, qui punit ceux qui ont volontairement causé du dommage à la propriété mobilière d'autrui. »

Tels étaient les principaux considérants du juge de paix Richard, d'accord avec les aspirations des membres de la Société protectrice des animaux.

Ces considérants, qui devraient faire loi dans la matière, furent attaqués plus tard devant une autre juridiction, celle du tribunal correctionnel. La cruelle maxime des chasseurs tuant les chats à coups de fusil, invoquée par l'avocat du défendeur, trouva crédit auprès des juges.

Pourtant la douceur dans le traitement des

animaux est un signe de civilisation. Se montrer humain avec eux, c'est déjà faire preuve
d'humanité avec son prochain. Et Montaigne
faisait de l'animal un être plus prochain de
l'homme que l'homme ne se l'imagine.

CHAPITRE XIV.

LES AMIS DES CHATS.

Si les chats comptent des détracteurs, ils ont aussi des enthousiastes.

Au premier rang de leurs partisans se dressent deux grandes figures : Mahomet et Richelieu.

On explique l'amour que certains personnages politiques portent aux chats par le mépris qu'ils ont des hommes, qu'à peu d'exceptions près ils tiennent pour des animaux rampants.

Ce qu'on obtient des plus purs avec de l'argent, des places, des dignités, des honneurs, ils le savent trop bien. De ce côté, les hommes politiques n'ont pas d'illusions ; s'ils en avaient, ils ne seraient pas de grands politiques. Aussi l'animal indépendant leur plaît, et par-dessus tout, le chat, type de l'indépendance.

Je n'en veux pour preuve que la légende de Mahomet et du chat Muezza [1].

Mahomet rêvait à sa politique ; sur sa manche était accroupi l'animal.

Pendant que le chat ronronnait, Mahomet songeait, car c'est une excellente basse aux méditations que le ronron des chats. Peut-être le prophète songeait-il à son *Paradis*. Il songea longuement, le chat s'endormit. Forcé d'aller à ses devoirs, Mahomet prit des ciseaux,

---

[1] On sait le nombre et le nom des objets qui appartenaient à Mahomet : neuf épées, trois lances, trois arcs, sept cuirasses, trois boucliers, douze femmes, un coq blanc, sept chevaux, deux mules, quatre chameaux, sans compter la jument Borac, sur laquelle le prophète monta au ciel, et le *chat Muezza* qu'il affectionnait d'une façon toute particulière. — A l'époque de Mahomet, le chat n'était pas commun en Arabie, et ce n'est guère que dans la vallée du Nil qu'il était révéré et chéri de tous ; il devint assez tard l'animal favori des musulmans, par vénération pour le prophète, que les fidèles cherchent à imiter en toutes choses. Tournefort, dans son *Voyage du Levant*, paraît avoir cité le premier la légende de Mahomet, relative au chat.

Le chat de la Japonaise, d'après un écran du Japon.

coupa la manche de son habit sur laquelle
était accroupi le chat, et se leva, heureux de
n'avoir pas troublé le sommeil de l'animal.

Telle est la légende orientale qu'au Caire
les nourrices content encore aujourd'hui aux
enfants.

Que prouve-t-elle et quel enseignement
doit-on en tirer? Que le prophète était plein
de douceur pour les animaux et qu'il donnait
exemple à son peuple d'une mansuétude
poussée à l'extrême.

C'est le secret des hommes qui ont des
nations à gouverner, un empire à fonder,
une religion à établir, que de se montrer
pleins de pitié pour les faibles. Tout d'abord
les femmes sont avec eux; car ce sont des
sentiments féminins que la protection de l'enfant et de l'animal.

La force, la violence, la cruauté, n'ont
jamais été que des moyens passagers de
gouvernement. La persuasion, la douceur,
la pitié, autant de qualités qui restent as-
sociées à jamais au nom des conducteurs
des peuples.

Un autre politique, le cardinal de Richelieu, ne brille pas par les mêmes sentiments :
quoiqu'il se plût au commerce des chats, il
n'eût pas coupé sa simarre pour les laisser dormir. Il aimait les chats en égoïste,
pour son divertissement, à en croire la tradition.

Tel que les mémoires du temps nous le
peignent, Richelieu était habituellement de
mauvaise humeur, toutefois sachant se con-
traindre, taquin, mystificateur à l'occasion,
pourvu que ses propres mystifications lui arra-
chassent quelques rires. Cela toutefois n'adou-
cissait point le fond de son humeur.

« Il lui prenoit très-souvent des mélancolies
si fortes, dit Tallemant des Réaux, qu'il en-
voyoit chercher Boisrobert et les autres qui
le pouvoient divertir, et il leur disoit : « Ré-
« jouissez-moy, si vous en sçavez le secret. »
Alors chacun bouffonnoit, et quand il étoit
soulagé, il se remettoit aux affaires. »

Richelieu était, dit-on, constamment entouré de petits chats dans son cabinet et se
plaisait à voir leurs gambades; mais ce ne fut

pas un réel ami de la race féline, car il renvoyait les petits chats à peine âgés de trois
mois et en faisait venir de plus jeunes à leur
place.

La bande de ces masques remuants lui donnait sans cesse la comédie; mais le cardinal ne
s'inquiétait ni de la gestation, ni de l'amour,
ni de la maternité, ni de l'hérédité, ni du

développement intellectuel, choses si intéres-
santes à étudier chez les chats[1].

Un ami des chats plus délicat fut Chateaubriand. Il en est l'écrivain le plus enthou-
siaste, celui qui en a le mieux parlé, le plus
sainement et dans le meilleur style.

Chateaubriand est lié aux chats, les chats
sont liés à lui. Partout le préoccupent ces animaux, dans la fortune et l'infortune, en exil, en
ambassade, à la fin de sa vie, lorsque, accablé
de gloire, il gouverne la littérature du fond
de l'Abbaye-aux-Bois.

Il a une telle admiration pour le chat, que
lui-même trouve qu'il ressemble à un chat.

« Ne connaissez-vous pas *près d'ici*, disait-il en souriant à son ami le comte de
Marcellus, quelqu'un qui ressemble au chat?

[1] Il semble étonnant que Moncrif, qui, malgré le ton de
badinage de son livre, avait fait cependant de longues recherches au sujet des chats, n'ait pas dit un mot de la
passion de Richelieu pour les félins. Ce fait, attribué au
grand politique, est-il une légende détournée de sa source?
« Personne n'ignore, dit Moncrif, qu'un des plus grands
ministres qu'ait eus la France, M. Colbert, avait toujours
des petits chats folâtrant dans ce même cabinet d'où sont
sortis tant d'établissements utiles et honorables à la nation. »

Je trouve, quant à moi, que notre longue familiarité m'a donné quelques-unes de ses allures. »

L'*indépendance* du chat, c'est là ce qui
frappe Chateaubriand, qui, lui aussi, caresse
la royauté à ses heures, mais ne s'abaisse pas
à la flatter quand elle commet des actes at-
tentoires à la liberté.

« J'aime dans le chat, disait Chateaubriand
à M. de Marcellus, ce caractère indépendant
et presque ingrat qui le fait ne s'attacher à
personne, cette indifférence avec laquelle il
passe des salons à ses gouttières natales ; on
le caresse, il fait gros dos ; mais c'est un plaisir physique qu'il éprouve et non, comme le
chien, une niaise satisfaction d'aimer et d'être
fidèle à son maître, qui l'en remercie à coups de
pied. Le chat vit seul, il n'a nul besoin de société, il n'obéit que quand il veut, fait l'endormi
pour mieux voir et griffe tout ce qu'il peut grif-
fer. Buffon a maltraité le chat : je travaille à sa
réhabilitation, et j'espère en faire un animal
convenablement honnête, à la mode du temps[1]. »

[1] Comte de Marcellus, *Chateaubriand et son temps*. 1 vol.
in-8°. 1859.

En effet, Chateaubriand a concouru à la
réhabilitation du chat, et s'il n'a pas eu le
temps de la faire didactique, l'éloge de l'animal
se trouve en divers endroits des *Mémoires*,
mêlé à la politique et plus intéressant que la
politique.

Chateaubriand, pauvre, émigré à Londres,
logeait, vers 1797, chez une veuve irlandaise,
Mme O'Larry, qui aimait les chats. Ce fut un
trait d'union entre lui et son hôtesse.

« Liés par cette conformité de passion, dit-
il dans ses *Mémoires d'outre-tombe*, nous
eûmes le malheur de perdre deux élégantes
minettes, toutes blanches comme des hermines,
avec le bout de la queue noir. »

S'il faut en croire le noble exilé, le chat anglais n'a pas les vives allures du chat français.

Chateaubriand, parlant de la nature si ré-
gulière et si disciplinée des environs de Londres, disait :

« Le moineau de Londres, noirci par le
charbon, se tait sur les chemins; on n'entend
jamais un chien aboyer; on perfectionne les
chevaux au point de leur défendre de hennir,

et le chat lui-même, si indépendant, cesse de
miauler sur la gouttière. »

Ici, peut-être, Chateaubriand était dans un
de ces moments d'amertume auxquels sont su-

jettes les grandes intelligences et qui lui a fait
mal voir les animaux anglais.

En ambassade à Rome, Chateaubriand reçut du pape un chat.

« On l'appelait *Micetto*, dit M. de Marcellus. Le chat du pape Léon XII, dont M. de
Chateaubriand avait hérité, ne pouvait manquer de réparaître dans la description du foyer
où je l'ai vu si souvent faire gros dos. En effet, Chateaubriand l'a célébré dans le morceau qui commence ainsi : « J'ai pour compagnie un gros chat gris roux. »

M. de Marcellus ajoute que le culte du chat
ne s'affaiblit jamais chez Chateaubriand, quand
tous ses autres sentiments s'éteignirent successivement

« Je me ferais volontiers, disait-il à M. de
Marcellus, l'avocat de certaines œuvres de
Dieu en disgrâce auprès des hommes. En pre-
mière ligne figureraient l'âne et le chat. »

Un des folliculaires qui raillaient Moncrif
opposait à sa passion pour la race féline que,
seul, son antagoniste, le chien, avait été jugé
d'attitude assez noble pour être représenté
sculpté aux pieds des chevaliers sur les tombeaux.

« Les chats, dit l'auteur de la *Lettre d'un
rat calotin*, avec leur physionomie fourbe et

leurs griffes dangereuses, ne pourraient paraître décemment qu'au mausolée d'un procureur ou d'un greffier. » Si j'étais statuaire,
sans tenir compte de cet avis, je tenterais d'élever un monument à M. de Chateaubriand,
ayant à ses pieds un beau chat songeur.

Les natures délicates comprennent le chat.
Il a pour lui les femmes; en grande estime le
tiennent les poëtes et les artistes, mus par un
système nerveux d'une exquise délicatesse, et
seules les natures grossières méconnaissent la
nature distinguée de l'animal.

Le charmant épisode que celui raconté par
la compagne d'un célèbre historien!

« ... Les visiteurs les plus nombreux et les
plus assidus à notre petite maison, dit Mme Michelet, c'étaient les pauvres, qui en connais-
saient le chemin et l'inépuisable charité. Tous
y participaient, les animaux eux-mêmes, et
c'était une chose curieuse et divertissante de
voir les chiens du voisinage, patiemment, si-
lencieusement assis sur leur derrière, attendre
que mon père levât les yeux de son livre. Ma
mère, plus raisonnable, aurait été d'avis d'é-

loigner ces convives indiscrets qui se priaient
eux-mêmes. Mon père sentait qu'il avait tort,
et pourtant il ne manquait guère de leur jeter
à la dérobée quelque reste qui les renvoyait
satisfaits...

« Plus que les chiens encore, les chats
étaient dans sa faveur. Cela tenait à son éducation, aux cruelles années de collége ; son
frère et lui, battus et rebutés, entre les duretés
de la famille et les cruautés de l'école, avaient
eu deux chats pour consolateurs. Cette pré-
dilection passa dans la famille ; chacun de
nous, enfant, avait son chat. La réunion était
belle au foyer ; tous, en grande fourrure, sié-
geaient dignement sous les chaises de leurs
jeunes maîtres.

« Un seul manquait au cercle : c'était un
malheureux, trop laid pour figurer avec les
autres ; il en avait conscience et se tenait à
part dans une timidité sauvage que rien ne
pouvait vaincre.

« Comme en toute réunion (triste malignité
de notre nature !) il faut un plastron, un
souffre-douleur sur qui tombent les coups ; il

remplissait ce rôle. Si ce n'étaient des coups,
c'étaient des moqueries ; on l'appelait *Moquo*.
Infirme et mal fourni de poil, plus que les
autres il eût eu besoin du foyer ; mais les enfants lui faisaient peur ; ses camarades mêmes,
mieux fourrés dans leur chaude hermine,
semblaient n'en faire grand cas et le regardaient de travers. Il fallait que mon père allât
à lui, le prît ; le reconnaissant animal se cou-
chait sous cette main aimée et prenait con-
fiance. Enveloppé de son habit et réchauffé de
sa chaleur, lui aussi il venait invisible au foyer.

« Nous le distinguions bien ; et s'il passait
un poil, un bout d'oreille, les rires et les regards le menaçaient, malgré mon père. Je
vois encore cette ombre se ramasser, se fondre
pour ainsi dire dans le sein de son protecteur,
fermant les yeux et s'anéantissant, préférant
ne rien voir...

« La maison fut vendue, et nos plantations,
faites par nous, nos arbres, qui étaient de la
famille, abandonnés. Nos animaux, visiblement, restaient inconsolables du départ de
mon père.

« Le chien, je ne sais combien de jours, s'en allait s'asseoir sur la route qu'il avait suivie en partant, hurlait et revenait. Le plus déshérité de tous, le chat Moquo, ne se fia plus à personne; il vint encore furtivement regarder la place vide. Puis il prit son parti, s'enfuit aux bois, sans que nous pussions jamais le rappeler; il reprit la vie de son enfance, misérable et sauvage. Que devint-il? qui aima-t-il et qui est-ce qui l'aima? car l'affection est le besoin de tout ce qui respire[1]... »

N'est-ce pas là une page émue qui fait oublier les coups de fusil dont les chasseurs se montrent si fiers?

Voici une autre histoire que je soumets au paradoxal M. Toussenel, qui veut, oubliant l'histoire du comte de Charolais tirant par amusement sur les couvreurs de son château, que les chats servent de cible aux chasseurs.

Il y a deux ans, un navire marchand partait de Saint-Servan pour Lisbonne, avec un fort chargement. Dans la nuit, un épais brouillard

[1] L'Oiseau, par Michelet.

s'élève, et le navire reçoit un tel choc d'un
autre bâtiment, que tout l'équipage est forcé
de se réfugier à bord d'un vaisseau anglais
passant dans ces parages.

Le capitaine naufragé regardait tristement
son navire abandonné qui s'effaçait à l'horizon. Tout à coup il s'écrie :

« Où est le novice Michel ? »

Il appelle. Le novice est resté à bord. Sur
l'immensité de l'Océan, aucune trace de navire. Le vaisseau a coulé. L'enfant est mort.

L'enfant vivait.

Au moment du conflit, le petit Michel tournait les manœuvres sur le devant du bâtiment. Sa tâche finie, il passe à l'arrière et
s'aperçoit que le navire anglais emporte l'é-
quipage. Le novice appelle, crie. Ses cris se
perdent dans les mugissements de la mer.
L'enfant est seul sur un navire qui fait eau de
toutes parts.

Michel pleure, l'eau monte toujours.

Après avoir pleuré, Michel se redresse,
court à la pompe, allume un fanal, sonne la
cloche, et toute la nuit lutte contre la tempête.

. Le jour vient, l'enfant aperçoit une voile
au loin, bien loin! Il hisse le pavillon de détresse. La voile passe. Michel retourne à la
pompe.

Vers midi, se détache sur l'horizon un nouveau navire; mais, comme l'autre, celui-ci
ne voit rien et disparaît.

En ce moment, les deux chats du bâtiment
viennent caresser les jambes du mousse. Michel partage avec eux ses provisions de pain
et de jambon.

Puis à l'œuvre encore! A la pompe, aux
signaux!

Ces alternatives de lutte, d'espérances et de
désespoir durèrent trois jours. Les provisions
s'épuisaient, et toujours aux mêmes heures
les chats, restés la seule compagnie du mousse,
venaient demander leur pitance.

Un brick américain passa heureusement qui
aperçut Michel sur la proue du navire près de
sombrer.

L'enfant fut recueilli et ne voulut quitter le
vaisseau qu'en emmenant ses chats.

Trois mois après, il regagnait le port de

Saint-Servan, au milieu d'une foule battant des mains à la rentrée du mousse, qui, dans ses bras, rapportait triomphalement les deux chats de l'équipage.

CHAPITRE XV.

DE QUELQUES GENS D'ESPRIT QUI SE SONT PLU
AU COMMERCE DES CHATS.

Au nombre de ceux qui ont rendu justice aux chats, on doit mettre en première ligne Moncrif, ne fût-ce qu'à cause des attaques que lui valurent ses clients.

Lecteur de la reine, bien vu à la cour par ses chansons et ses pièces de circonstance, cet écrivain ingénieux cultivait les lettres en se jouant : « Un des fruits, disait-il, qu'on doit naturellement se promettre des avantages de l'esprit, c'est de se procurer une vie agréable. »

Regardé comme un épicurien et traité comme tel, il vivait tranquille, jusqu'au jour où il s'avisa de faire preuve d'érudition dans

le livre des *Chats*. Cette science causa le tour-
ment de Moncrif; toute la gent littéraire remplit l'air de cris.

Les lettres sur les Chats sont pourtant un

livre agréable, parsemé de fins badinages.
Ouvrage « gravement frivole, » disait l'auteur
lui-même. Brochures, brocards, chansons et
couplets satiriques plurent de tous côtés sur
l'historiographe des chats, qu'on traitait spiri-

tuellement d'*historiogriffe*. Voltaire et Grimm,
en cette circonstance, furent particulièrement
injustes, surtout Voltaire, qui, dans ses lettres,
faisait patte de velours à Moncrif, pour se moquer de lui aves ses amis et renvoyer l'homme
à ses « gouttières. »

Mais quand Moncrif fut appelé à siéger à
l'Académie, l'orage augmenta tellement que
le pauvre historiogriffe effaça de ses œuvres le
travail sur les chats. A l'exception de d'Alem-
bert qui, en sa qualité de secrétaire perpétuel,
était tenu à quelques réserves, et plus tard
rendit justice au caractère aimable de l'homme,
tout le monde se trompa sur la valeur de l'ouvrage de Moncrif.

Sa vie facile à la cour n'était pas de nature
à dérider les fronts plissés des gens de lettres
qui venaient d'inaugurer le fâcheux système
de la littérature professionnelle.

Pensions, fortune, logement aux Tuileries,
dignités, succès en haut lieu prirent une teinte
quasi criminelle quand l'Académie offrit un
siége au lecteur de la reine.

Une si docte compagnie pouvait-elle ouvrir

à l'historien des chats la porte qu'elle fermait
à un Diderot? Il y avait bien dans ces récriminations quelque raison; mais si on consulte
les tables de l'Académie à cette époque, combien de membres obscurs ont occupé un fauteuil sans avoir laissé un livre tel que les
Lettres sur les Chats!

Cet ouvrage, quoi qu'en ait dit Grimm, est
le véritable titre de l'auteur; et, si je n'ap-
portais quelques dessins de monuments curieux, il y aurait de la fatuité à refaire un livre
piquant que les bibliophiles ont tous sur un
rayon de leur bibliothèque.

Fils d'une mère d'origine anglaise, un peu
d'humour se glissa dans le sang de Moncrif;
ce qui le fit admettre, dans *l'Académie de ces
dames et de ces messieurs*, à collaborer à leurs
mémoires, au milieu desquels furent insérées,
avec dessins du comte de Caylus, les *Lettres
sur les Chats.*

La fortune de l'historiogriffe à la cour at-
tisa le scandale et non le livre.

Nous qui appartenons à une époque froide
et raisonneuse, qui passe au tamis tant d'œu-

vres légères du passé, nous trouvons dans l'ouvrage de Moncrif plus de recherches que le sujet ne semblait en comporter; et si quelques chapitres sont entachés de frivolités, ils conservent encore la tendre coloration d'un ruban de vieille marquise retrouvé au fond d'un tiroir.

Parmi les fantasques, on peut citer, en opposition à Moncrif, le poëte Baudelaire, un être plein d'électricité, qui, en possession de sa santé, n'était pas sans rapports avec les chats eux-mêmes.

Combien de fois, nous promenant ensemble, ne nous sommes-nous pas arrêtés à la porte de la boutique d'une blanchisseuse de fin, sur le linge de laquelle un chat, étendu paresseusement, s'enivrait de la délicate odeur de la toile repassée! Combien de contemplations devant ces vitres, derrière lesquelles de jeunes et coquettes repasseuses faisaient de jolies mines, croyant avoir affaire à des adorateurs!

Un chat apparaissait-il à la porte d'un corridor ou traversait-il la rue, Baudelaire allait à lui, l'attirait par des câlineries, le prenait

dans ses bras et le caressait, — même à re-
brousse-poil. Il faut le dire, au risque de
donner croyance aux légendes monstrueuses
qui eurent cours quand le poëte fut atteint

Baudelaire.

d'une paralysie qui laissait peu d'espoir, il y
avait dans les tendresses de l'auteur des
Fleurs du mal quelque chose d'inquiétant et
d'excessif, qui en faisait un compagnon excel-

lent pendant deux heures, fatigant ensuite par
une tension sans doute trop névralgique, qui
était, pour tous ceux qui l'ont connu, la caractéristique de sa nature.

Les chats, à la louange desquels Baudelaire
composa quelques éloquents morceaux de poésie empreints des agitations de son âme, ont
servi de base à des accusations d'actes cruels
que, malgré mes longues fréquentations avec
le poëte, je n'ai pu surprendre.

Objets des tendresses de Baudelaire, les chats
servirent longtemps de thème de raillerie aux
petits journaux. Les natures actives et pressées
du journalisme sont trop opposées aux natures contemplatives pour admettre les replis
sur soi-même, les méditations qui font le
poëte.

« Après Hoffmann, Edgar Poë et Gautier,
il est devenu de mode dans ce petit coin-là
(Baudelaire et ses compagnons) d'aimer trop
les chats. Celui-ci, qui va pour la première
fois et pour affaires dans une maison, est mal
à l'aise et inquiet jusqu'à ce qu'il ait vu le
chat du logis. Mais il l'a aperçu, il se préci-

pite, le caresse, le baise; dans son transport
il ne répond plus à rien de ce qu'on lui dit,
et est à cent lieues avec son chat. On regarde, on s'étonne de l'inconvenance; mais
c'est un homme de lettres, un original, et la
maîtresse de maison le regarde désormais avec
curiosité. Le tour est fait. Étonnons! étonnons! »

Dans ce pastiche facile de La Bruyère, où
les amis des chats sont en outre accusés de
mépriser le chien, éclate la scission entre les
méditatifs et les êtres tout d'extérieur. L'a-
boiement du chien a quelque chose d'irri-
tant pour les organes délicats des premiers;
au contraire, ceux qui aiment la domination,
le spectacle, la montre, préfèrent l'agitation
bruyante des chiens, et médisent de l'animal
songeur qui, sans bruit, fait acte d'indépendance à tout instant et échappe aux mains de
celui qui croit le tenir.

Voilà ce qu'admettent difficilement les gens
affairés, remuants, qui parlent sans cesse,
crient, s'imposent, voient dans la vie une
sorte de chasse et pour lesquels les mots

penser, *méditer* ne semblent pas faire partie du dictionnaire.

Baudelaire fut plus qu'un ami des chats ; je vois en lui une sorte de sectateur de la race féline, et s'il a plus d'une fois dépeint la forme, les yeux, « moitié de métal et d'agate, » de l'animal, ce n'est point en poëte descriptif. A l'idée du chat ténébreux, qui sort de régions mystérieuses, se joint une idée morale et mystique, témoin la belle pièce qui commence par ces vers transparents comme le cristal :

> Dans ma cervelle se promène,
> Ainsi qu'en son appartement,
> Un beau chat, fort doux et charmant.

Un tel début semble annoncer quelque gaîté. Baudelaire ne rit jamais avec son sujet ; pour le rendre, il évoque des philtres, l'électricité, les ténèbres. L'animal devient « un chat séraphique ; » ses prunelles seront faites de « vivantes opales. » Le mysticisme se fond dans la réalité et l'absorbe.

En prose comme en vers, Baudelaire emploie les couleurs les plus mystérieusement

Bronze égyptien, dessin de M. Prisse d'Avesnes.

apprêtées pour peindre les chats, et ne restât-il des *Fleurs du mal* que le beau sonnet :

Les amoureux fervents et les savants austères
Aiment également, dans leur mûre saison,
Les chats puissants et doux, orgueil de la maison etc.

une telle pièce suffirait pour constater de puissantes facultés poétiques.

Ils prennent en songeant les nobles attitudes
Des grands sphinx allongés au fond des solitudes,

témoigne suffisamment de l'idéal du poëte épris des grandeurs de l'art égyptien.

Pour comprendre le chat, il faut être d'essence féminine et poétique.

Dans ma jeunesse, j'eus l'honneur d'être reçu chez Victor Hugo, dans un salon décoré de tapisseries et de monuments gothiques. Au milieu s'élevait un grand dais rouge, sur lequel trônait un chat, qui semblait attendre les hommages des visiteurs.

Un vaste collier de poils blancs se détachait comme une pélerine de chancelier sur sa robe noire : la moustache était celle d'un magyar hongrois, et quand solennellement l'animal

s'avança vers moi, me regardant de ses yeux
flamboyants, je compris que le chat s'était
modelé sur le poëte et reflétait les grandes
pensées qui emplissaient le logis.

« C'est lui, m'écrit Victor Hugo, c'est mon
chat qui a fait dire à Méry, dans les jambes
duquel il faisait le gros dos, ce mot illustre :
*Dieu a fait le chat pour donner à l'homme le
plaisir de caresser le tigre.* »

Un disciple cher au maître hérita de sa
passion pour l'animal, en y introduisant toutefois des variantes singulières. Théophile
Gautier, à une certaine époque, partageait
ses tendresses entre des chats et des rats
blancs, oubliant qu'au logis le chat doit
régner sans partage.

Je comprends mieux la chatte de M. Sainte-
Beuve se promenant sur son bureau, au
milieu d'une accumulation de papiers et de
notes qu'aucune servante n'oserait déranger.
L'historien de Port-Royal a le véritable sens
des chats, et sa maison est renommée dans
le quartier pour l'affection qu'on leur témoigne.

M. Mérimée, qui aime les chats et ne croit

pas ravaler sa qualité d'homme en accordant
de l'intelligence à ces animaux, ne leur re-
connaît guère d'autres défauts qu'une excessive
susceptibilité. Suivant lui, le chat prouve sa
susceptibilité par une extrême politesse. « En
cela, me disait-il, avec ce ton de gentleman
qu'on lui connaît, l'animal ressemble aux
gens bien élevés. »

M. Viollet-le-Duc a consacré la place la
plus en vue de son antichambre à une mosaïque formée de chats, et voulant ajouter
une page au présent volume, il a laissé de
côté momentanément plans et travaux pour
dessiner d'après nature la favorite du logis.

Nombre de célébrités pourraient être ajou-
tées à cette liste, qu'il faut pourtant clore. A
côté des hommes en vue, il est des natures
plus humbles, dont le culte pour l'animal doit
être conservé, témoin cet ami de nature ca-
pricieuse et indépendante qui m'écrivait :

« Il y a quinze mois, je voulais me marier,
changer de vie. Que de chagrin de quitter ma
maîtresse, le chat que j'ai élevé, et comme
ces chaînes vous enveloppent !

« Le chat disparut tout à coup et ne revint plus. — Voilà la moitié du lien brisée, me dis-je. Et je fus plus fort pour me séparer d'une femme dont je pouvais encore assurer l'avenir.

« Le mariage manqua ; je repris l'ancienne maîtresse et un nouveau chat.

« Un an après, mes amis me tourmentèrent pour me faire épouser une jeune fille.

« Ayant vu une fois le mariage de près, je fus pris de vives terreurs et je reculai, mettant mes angoisses sur le compte de la maîtresse et du chat qu'il fallait quitter encore.

« Le chat fut enlevé de nouveau et ne reparut plus. C'était comme un avertissement de la Providence d'avoir à rompre des liens pesants.

« Cependant je suis hésitant plus que jamais. Le mariage me remplit de terreur, ferais-je le bonheur de cette jeune fille ?

« Il est présumable que j'élèverai un troisième chat. »

CHAPITRE XVI.

LES PEINTRES DE CHATS.

Animal d'une pureté de lignes monumen-
tale cachée sous un pelage ondoyant, le
chat joue un rôle important dans les musées égyptiens, soit qu'accroupi il se profile à
la manière des sphinx, soit que son masque
s'ajuste au corps d'un dieu, soit qu'il ait été
soudé à des instruments de musique affectant
eux-mêmes des courbes hiératiques, soit
qu'entouré de bandelettes il évoque de vagues
et étranges contours.

La représentation du chat par les Égyptiens
offre un caractère tantôt sacré, tantôt domestique, et puisque la clef depuis longtemps

forgée par d'habiles égyptologues n'ouvre pas encore tous les arcanes des mystères propres au pays des Pharaons, j'insisterai particulièrement sur ce double caractère.

Sur les représentations hiératiques des chats, on trouve de nombreux renseignements dans les ouvrages des érudits ; ils ne me paraissent pas s'être suffisamment préoccupés du caractère intime de quelques peintures de l'Égypte ancienne, où le chat est représenté tantôt étendu sous le fauteuil de la maîtresse de la maison, tantôt allaitant ses petits.

Dans ces bronzes apparaît le sens domestique plutôt qu'hiératique, car en même temps que colliers et pierres précieuses manquent aux chats, je ne retrouve pas dans leur conformation les lignes particulièrement rigides qui, à mon sens, témoignent de leur caractère sacré.

Quoi qu'il en soit, les Égyptiens ont représenté les chats — sacrés ou profanes — aussi dignement que savamment. Eux seuls ont entrevu le côté sculptural de l'animal, et sans quitter le terrain de la réalité, des

CHAMPFLEURY — LES CHATS.

Amand Gautier del. & sculp.

Imp. C. ......et Luce.

J. Rothschild Éditeur.

LA MÈRE — CHATTE.

flancs du chat ils ont dégagé des lignes d'un majestueux contour.

Après les Égyptiens, il faut citer les Japonais, qui prouvent par les albums récemment introduits en Europe qu'ils sont dessinateurs de chats par excellence, comme ils sont les peintres de la femme et du fantastique.

C'est une remarque à faire que les artistes épris des délicatesses des chats le sont également des délicatesses de la femme, et qu'à cette double compréhension se joint parfois l'amour du fantasque et de l'étrange. Mais quelle souplesse ne faudrait-il pas à la plume pour essayer de rendre les nuances qui caractérisent : Femmes, Fantaisie, Chats ! Comment tracer visiblement le mystérieux trait d'union qui relie une telle trilogie ?

Je ne voudrais pas entamer un cours d'esthétique pour montrer le charme associé au fantastique de Hoffmann et de Goya ; qu'il me soit permis cependant de constater que le conteur allemand et le peintre espagnol, auxquels on peut joindre Cazotte et *le Diable amoureux*, sont de ceux qui, épris de l'idéal féminin, ont

10

sans chercher de repoussoirs, en regard de
leurs charmants portraits de femmes, fait jail-
lir spontanément le fantastique d'un mélange
d'exquises langueurs traversées par le profil
d'animaux bizarres.

Les Japonais possèdent au plus haut dégré
ces facultés exceptionnelles. Ils enveloppent
leurs figures de femmes de romanesques élé-
gances. Mille caprices éclatent dans leurs
compositions ; surtout ils se préoccupent extraordinairement du chat, l'épient dans chacun de ses mouvements et les rendent avec
plus de souplesse encore que le peintre Mind.

Gottfried Mind, surnommé le Raphaël des
chats, a laissé de charmantes aquarelles de
chats. De nombreuses études à la plume témoignent de constantes observations des mouvements de ces animaux ; toutefois ces croquis
un peu *suisses* n'ont pas le charme des représentations de chats japonais, quoiqu'une coutume particulière au pays des taïcouns les défi-
gure : ils ont la queue coupée ras.

J'ai vu de merveilleuses peintures à l'eau
représentant des chats, par Burbanck, qui, lui

D'après une aquarelle de Mind,
dit *le Raphaël des chats*.

aussi, se créa une spécialité semblable à celle
de Mind ; et quoique les renseignements manquent dans les dictionnaires sur cet anglais,
les amis des arts trouveront à l'Appendice
quelques notes relatives à un maître qui dut
passer de longues heures dans la contemplation des chats.

Cet animal joue un aussi grand rôle dans
les caricatures que dans les proverbes ; mais il
entre là comme élément grotesque, et les gra-
veurs n'ont pas pris souci de la forme féline.

Je fais toutefois quelque exception parmi
ces pauvretés linéaires en reproduisant deux
compositions japonaises, bizarres et spiri-
tuelles.

Une tête composée avec une série de chats,
les yeux formés par leurs grelots, est une fantaisie particulière de ce peuple, dont à cette
heure les caprices sont encore inexpliqués.

Quant au second dessin, en songeant aux
vives et simples colorations japonaises, on se
rendra compte de cette scène de femme à la
toilette, sans doute gourmandée par un jaloux, dont un texte explicatif déterminera

tout à fait le sens quand les professeurs de
japonais, ou se disant tels, expliqueront des
légendes que la Hollande lit depuis longtemps.

Quoique la France, depuis plusieurs siècles, soit en relation avec la Chine et que de
nombreux objets nous aient initiés à la connaissance des œuvres artistiques des peintres
du Céleste-Empire, les monuments où sont
représentés des chats sont d'une telle rareté
en Europe que je n'aurais pu en donner un
échantillon sans l'obligeance de M. Jacque-
mart, qui me communique une tasse exécutée
au Japon vers le seizième siècle et représentant
une scène de mœurs chinoises; mais il aurait
fallu pouvoir donner une idée par la gravure
de l'animal dont parle le Père d'Entrecolles,
qui vit un chat de porcelaine si bien réussi
que quand on introduisait dans sa tête une petite lampe, la flamme passait par la prunelle
fendue. On assura le missionnaire que, pendant la nuit, les rats se sauvent épouvantés
en apercevant ce chat, triomphe de l'art.

Si on excepte le Hollandais Cornelius Wi-
scher, dont le matou merveilleux est devenu

typique[1], les artistes qui ont introduit les
chats dans leurs scènes domestiques, les mettant en scène dans des portraits de famille ou
au bras de jeunes enfants, semblent avoir
pris leurs modèles dans des magasins de
jouets[2].

En tête des artistes contemporains qui se
sont occupés des chats, marche Eugène Delacroix, nature fébrile et nerveuse. Les cahiers
de croquis vendus après sa mort témoignent
des persévérantes études qu'il avait faites de
cet animal. Pourtant il n'y a point de chats
dans ses tableaux et en voici la raison :

Ses chats, Delacroix en faisait des tigres !

Leurs robes zébrées, leurs allures, leurs
allongements lui donnaient ces souplesses particulières aux tigres qu'il s'est plu à représenter fréquemment. Il est fâcheux toutefois que
le maître romantique n'ait pas laissé quelques
tableaux de chats; il les connaissait mieux

---

[1] On ne connaît que deux exemplaires de la gravure dont
je donne le *fac-simile.*

[2] Otto Venius, dont le Louvre possède un excellent tableau représentant la famille du peintre, a mis au premier
plan un chat qui paraît bourré de son.

qu'un autre et il eût trouvé dans leur masque
de quoi exercer son active imagination.

Il faut d'autant moins oublier J. J. Grandville parmi les peintres de chats que l'ingénieux dessinateur s'est particulièrement préoccupé de la physionomie de l'animal. On peut
même dire que, seul, il s'est placé courageuse-
ment en face du profil compliqué où se reflétent

D'après J.-J. Grandville.

en mille détails d'une extrême finesse toutes
les passions de la race féline.

Le caricaturiste, préoccupé du rapport phy-
sionomique des animaux et des hommes, a
choisi pour motif de ses dessins de chats[1]
des nuances d'une excessive complication que

_____
[1] Voir *Magasin pittoresque*, 1840.

n'avaient cherché à rendre ni les Égyptiens,
ni les Japonais, ni Mind, plus préoccupés des
mouvements du corps que des lignes de la
tête ; malheureusement Grandville eut la con-
ception plutôt que le rendu. Son idée était
quelquefois excellente ; son exécution, là plus
qu'ailleurs, fut insuffisante, quand, le sujet
commandait tant de souplesse au crayon.

Quels qu'ils soient, ces croquis sont une
indication, un souvenir, un rappel de jeux de
physionomie, et par là réclament une mention
dans l'iconographie des chats.

Une autre nature véritablement féline, le
comédien Rouvière, tourmenté du besoin de
rendre ses sensations par le pinceau, se rencontra avec l'Arlequin de la comédie italienne,
Carlin, qui vivait entouré de chats dont il se
proclamait l'élève.

Un tableau de Rouvière, que je possède,
fait comprendre certains mouvements du comédien, si remarquable dans l'*Hamlet* par
des gestes violents, étranges et caressants.

Rouvière a peint une chatte pleine d'indulgence pour son enfant qui médite quel-

que malice. L'inquiète curiosité du petit
chat roux débutant dans la vie est tapie dans
les yeux spirituels de l'animal, qu'observe
une mère qui jadis a connu de semblables
caprices.

Rien de plus difficile à peindre qu'un masque
de chat, qui, comme l'a fait justement observer Moncrif, porte un caractère de « finesse
et d'hilarité. » Les lignes sont d'une telle délicatesse, les yeux si particulièrement bizarres,
les mouvements obéissent à de si subites impulsions, qu'il faut être félin soi-même pour
essayer de rendre un pareil sujet.

On explique ainsi certaines facultés exceptionnelles de l'acteur Rouvière qui pourraient,
encore après sa mort, servir d'enseignement,
ces facultés étant puisées aux sources vives de
la nature; car on peut le dire sans paradoxe,
la contemplation d'un chat vaut bien, pour un
comédien, les cours du Conservatoire.

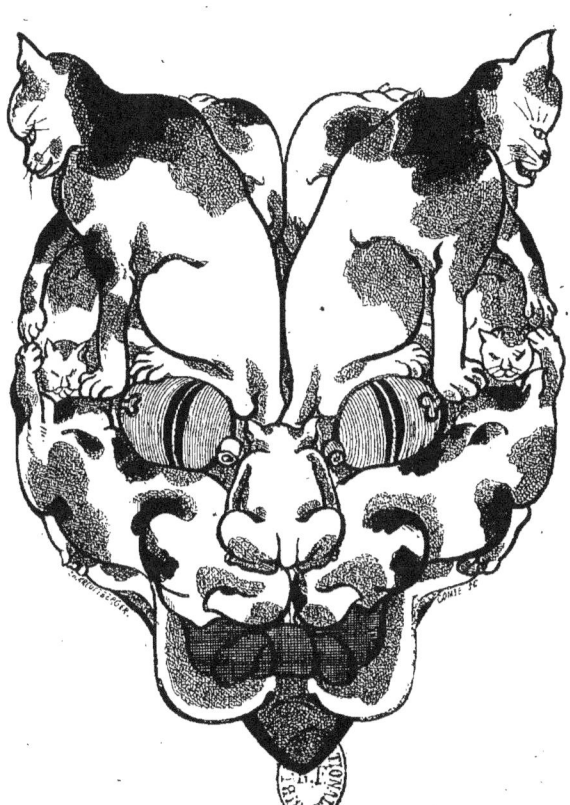

Groupe de chats, caprice japonais.

SECONDE PARTIE

CHAPITRE XVII.

LE CHAT EST-IL UN ANIMAL DOMESTIQUE?

 Il faut avoir une réputation de savant solidement ancrée pour se poser une telle question : *Le chat est-il un animal domestique?* Ce jour-là M. Flourens l'académicien négligea d'ouvrir le Dictionnaire rédigé par le corps où, je ne sais trop à quel titre, on daigna l'admettre.

Une discussion en règle, du reste, s'ouvrit à ce sujet dont voici les principaux arguments :

« Tous nos animaux domestiques sont, de leur

nature, des animaux sociables, disait M. Flourens. Le *bœuf*, le *cochon*, le *chien*, le *lapin*,
vivent naturellement en société et par troupes.
Le *chat* semble, au premier coup d'œil, faire
une exception; car l'espèce du chat est solitaire. Mais le *chat* est-il réellement domes-.
tique? Il vit auprès de nous, mais s'associe-
t-il à nous? Il reçoit nos bienfaits, mais nous
rend-il en échange la soumission, la docilité,
les services des espèces vraiment domestiques?
Le temps, les soins, l'habitude ne peuvent
donc rien sans une nature primitivement sociable, comme on voit par l'exemple même du
chat.'»

A son aide, le vulgarisateur appelait Buffon, qui dit que : «Quoique habitants de nos
maisons, les chats ne sont pas entièrement
domestiques et que les mieux apprivoisés n'en
sont pas plus asservis. »

A ceci un naturaliste, M. Fée, répli-
quait : «On a établi que le chat n'était pas un
animal domestique, sans trop expliquer ce
qu'on doit entendre par domesticité. Pour
nous, la domesticité consiste à changer les

habitudes d'un animal, à lui rendre nos caresses agréables, à le faire obéir à notre appel, à le fixer au foyer ou du moins à le faire
vivre au milieu de nous. La chèvre et le cheval sont nos esclaves, le chat ne l'est pas ;
c'est là toute la différence. »

Il est trop facile d'avoir raison de M. Flourens.

« Parmi les carnassiers, le plus indomptable
est la *panthère;* le seul qui tue pour tuer est
le *cougouar ;* le seul dont les mœurs ont une
douceur native, le *guépard ;* le seul vraiment
intelligent, le *chat.* Celui-ci consent à être
notre hôte : il accepte l'abri que nous lui
donnons et l'aliment qui lui est offert ; il va
même jusqu'à solliciter nos caresses, mais
capricieusement, et quand il lui convient de
les recevoir. Le chat ne veut point aliéner sa
liberté. Si nous l'exploitons, il nous exploite
et ne veut être ni notre serviteur comme le
cheval, ni notre ami comme le chien. »

Suivant M. Fée (*De l'Instinct chez les ani-*
maux), le chat est susceptible d'attachement et même à un très-haut degré; mais
il faut ne pas gêner ses allures et attendre

11

ses caresses. Une chatte, qui ne pouvait
souffrir qu'on la touchât, venait s'offrir à la
main quand il lui semblait bien prouvé qu'on
ne voulait pas la retenir captive. Elle restait
seule difficilement et, comme un chien, suivait
le maître dans les appartements en miaulant
doucement. L'isolement lui pesait : il lui fallait
une compagnie. Chaque fois que son maître
s'absentait pour plusieurs jours, on ne voyait
plus la chatte ; prompte à reparaître aussitôt
qu'il était de retour, elle manifestait alors
une vive joie.

« Un chat de campagne connaissait l'heure
où son maître revenait de la ville et allait l'attendre au coin de la route, à plusieurs centaines
de pas de l'habitation ; mais de telles preuves
de sympathie avaient été méritées par d'extrê-
mes bontés. Le chat, quand il aime, n'est point
banal. Il faut beaucoup pour obtenir son affection ; peu de chose suffit pour qu'on la perde :
c'est précisément en quoi il diffère du chien. »

CHAPITRE XVIII.

DES GRIFFES.

Celui qui n'a pas tenu longtemps dans sa main la patte du chat ignore ce que pense le chat.

C'est réellement une extrême jouissance que de caresser le dessous des pattes de l'animal. Cette poche souple où, comme dans un écrin, sont renfermées précieusement les griffes, est un des endroits où le chat aime les caresses humaines, et si, en même temps, on lui parle avec douceur, alors il cherche à comprendre le sens des paroles.

Le système nerveux du chat étant facilement irritable, les caresses trop prolongées l'énervent et il mord ou griffe la main qui l'excite; qu'un mot cependant le rappelle à la douceur, l'animal se repentira aussitôt d'avoir méconnu un être affectueux.

Il égratigne quand la main, passant et repassant sans cesse devant ses yeux, lui paraît un objet mobile à saisir; tel est le doigté particulier dont l'a doué la nature. Il griffe quelquefois l'enfant qui le prive trop longtemps de sa liberté, lui tire les oreilles et les barbes, lui presse le cou dans ses bras au risque de l'étrangler. Sans doute, l'enfant n'a pas conscience de la souffrance qu'il cause à l'animal; mais le chat ressent vivement la perte de sa liberté, l'asphyxie, la douleur que lui causent oreilles et barbes tirées, et avec regret il se sert de ses armes.

Pour moi, je n'ai jamais vu un chat égratigner quelqu'un sans raison. Un chat bien élevé rentre, dès qu'elles approchent la figure ou les mains, les griffes qu'un instant avant il prenait plaisir à enfoncer dans le drap des vêtements.

Et même ses griffes sont si jolies que j'en

donne un dessin d'après l'écorché, pour qu'on
saisisse, dans sa simplicité, ce système de
défense qu'on n'a jamais reproché aux rosiers
de posséder.

Avec M. Fée, je prétends que le chat n'est
ni hargneux, ni agressif, ni colère, qu'il n'attaque pas son espèce et qu'il ne se jette pas
sans pitié sur les faibles, comme trop souvent
le chien.

« Chacun, dit le naturaliste, peut faire une
remarque qui est en faveur de l'espèce féline.
Lorsque les chats mangent à la même gamelle, ils restent en paix; lorsque les chiens
prennent leur repas en commun, ils se battent.
L'animal *égoïste et tartufe* laisse la pitance à
ses compagnons : l'animal *doux et caressant*
arrache l'os à son voisin... »

— Il n'est ni sociable, ni docile, affirme
gravement le grave M. Flourens.

J'ai vu des chats vivre en bonne intelligence avec des perroquets, des singes, des
rats! Et on est parvenu, sans grands efforts,
à faire coucher dans la même niche chiens et
chats.

Vigneul-Marville[1] rapporte qu'il vit à Paris une dame qui, par son industrie et par la force de l'éducation, avait appris à un chien, à un chat, à un moineau et à une souris à vivre ensemble comme frères et sœurs. Ces quatre animaux couchaient dans le même lit et mangeaient au même plat.

Le chien, à la vérité, se servait le premier, et bien; mais il n'oubliait pas le chat, qui avait l'honnêteté de donner à la souris certains petits ragoûts qu'elle préférait, et laissait au moineau les miettes de pain que les autres ne lui enviaient pas.

«Après la panse venait la danse, ajoute Vigneul-Marville; le chien léchait le chat et le chat léchait le chien; la souris se jouait entre les pattes du chat, qui, étant bien appris, retirait ses griffes et ne lui en faisait sentir que le velours. Quant au moineau, il voltigeait haut et bas et becquetait tantôt l'un, tantôt l'autre, sans perdre une plume. Il y avait enfin la plus grande union entre ces confrères d'espèces si différentes, et l'on n'en-

---

[1] *Mélanges d'histoire et de littérature*, 1670.

Petit chat jouant.

Fac-simile d'un dessin d'Eugène Delacroix.

tendait jamais parler ni de querelle, ni du moindre trouble entre eux, tandis qu'il est impossible à l'homme de vivre en paix avec son semblable. »

Dupont de Nemours, qui a observé une extrême douceur sociale chez les animaux jouissant d'une pâture suffisante, cite à ce propos cette anecdote :

« Au Jardin des Plantes, un vieux chat de grande taille, qui sans doute avait perdu son maître, conduit par la misère au brigandage, n'y trouvait qu'une ressource insuffisante. A peine restait-il dans ses pattes desséchées de quoi cacher ses griffes ; son œil était large et hagard, sa maigreur affreuse, son aspect hideux. C'était près de la cuisine de M. Desfontaines[1] qu'il avait établi son embuscade ordinaire. A la moindre négligence, il y entrait avec l'audace du désespoir, saisissait la première prise, était loin en trois sauts. On le poursuivait avec des balais : — Au chat ! Vieux chat ! Vilain chat !

[1] M. Desfontaines fut directeur du Jardin des Plantes sous la Restauration.

«On n'attendait plus ses attaques. D'aussi
loin qu'il paraissait, on courait à lui; il fuyait.
La garde était si bonne, et sa frayeur si
grande, qu'il ne pouvait plus rien attrapper.
Il mourait de faim.

«Un jour, M. Desfontaines, à sa fenêtre
et seul dans la maison, vit le malheureux
chat, chancelant, se traîner sur le mur voisin,
prêt à tomber en faiblesse. Qui ne connaît la
bonté de cœur de M. Desfontaines? Il eut
pitié de l'animal, fut chercher trois morceaux
de viande, et les lui jeta successivement.

« Le chat happe le premier morceau, puis
voit que cette fois on ne le poursuit pas, revient un peu plus près, prend le second morceau et se sauve encore. La troisième fois, il
se rapproche davantage et, la viande prise,
s'arrête un instant pour regarder son bien-
faiteur.

«Une demi-heure après, il était entré par
la fenêtre dans la chambre de M. Desfontaines, et paisiblement couché sur le lit, il
s'était dit : — Celui-là n'est pas impitoyable.

«Il avait eu occasion d'observer dans ses

campagnes et ses expéditions précédentes que *celui-là* était le maître des autres, et son âme reconnaissante ajoutait : — Mes malheurs sont finis, j'ai un protecteur. »

CHAPITRE XIX.

CURIOSITÉ, SAGACITÉ.

La fenêtre vient d'être ouverte. Il est rare que le bruit de l'espagnolette ne réveille pas le chat, qui, étendu sur un fauteuil, le quitte pour s'accroupir sur le balcon et respirer l'air.

Quand il en a pris une dose suffisante, l'animal, au moindre bruit dans la rue, avance la tête en dehors du balcon : toute chose vivante le préoccupe extraordinairement.

La croisée d'en face s'ouvrant pour donner passage à une servante qui secoue un tapis, la voisine qui arrose ses fleurs, le voisin qui fume, une voiture enrayée, un chien qui passe, le facteur de la poste sonnant à la porte, le maraîcher criant ses légumes, le gamin qui siffle, autant de motifs de curiosité pour le chat.

Tous ces détails, il en fait son profit; replié paresseusement, fermant à demi les paupières, un sourire philosophique caché dans la barbe,

le chat médite sur les divers incidents dont il vient de meubler son cerveau. Il cherche à se rendre compte des actes et des choses qui l'ont plus particulièrement frappé : la distribution des lettres, l'arrosement des fleurs, la fumée de tabac, le sifflet du gamin.

C'est pourquoi Voltaire tenait pour la curiosité innée chez les animaux.

« La curiosité, dit-il, est naturelle à l'homme, aux singes et aux petits chiens. Prenez avec vous un petit chien dans votre carrosse, il mettra continuellement ses pattes à la portière pour voir ce qui se passe. Un singe fouille partout, il a l'air de tout considérer. »

En effet, par quel motif le chat quitterait-il le fauteuil où il est si paresseusement étendu quand on ouvre la fenêtre, si la curiosité ne l'y poussait?

Cependant le plus spirituel sceptique de la bande d'Holbach (on ne reprochera pas aux amis du baron d'avoir abusé du spiritualisme) combat l'opinion de Voltaire.

« Voltaire, dit l'abbé Galiani, aurait dû faire sur la curiosité une réflexion qui est très-intéressante : c'est qu'elle est une sensation particulière à l'homme, unique en lui, qui ne lui est commune avec aucun autre animal. Les animaux n'en ont même pas l'idée. »

Et ailleurs : « On peut épouvanter les bêtes, on ne saurait jamais les rendre curieuses. »

Et voilà un philosophe qui conclut contre la curiosité chez les animaux.

« Le chat, dit-il, cherche ses puces aussi bien que l'homme ; mais il n'y a que M. de Réaumur qui en observe les battements du cœur. Cette curiosité n'appartient qu'à l'homme. Aussi les chiens n'iront pas voir pendre les chiens à la Grève. »

Ce que Voltaire appelle *curiosité*, Galiani l'appelle *sagacité*.

Un métaphysicien remplirait un gros volume à disserter sur cette curiosité et cette sagacité. Je propose de trancher la question en une ligne :

Le chat est curieux et sagace.

Pour la sagacité, personne, je crois, ne la niera. En voici un exemple.

Après déjeuner, j'avais pour habitude de jeter le plus loin possible, dans une pièce voisine, un morceau de mie de pain qui, en roulant, excitait mon chat à courir. Ce manége dura plusieurs mois ; le chat tenait cette miette de pain pour le dessert le plus friand. Même après avoir mangé de la viande, il attendait l'heure du pain et avait calculé juste le moment où il lui semblait extraordinairement gai de courir après le morceau de mie.

Un jour, je balançai longuement ce pain que le chat regardait avec convoitise et, au lieu de le lancer par la porte dans la pièce voisine, je le jetai derrière la partie élevée d'un tableau, séparée du mur par une inclinaison légère. La surprise du chat fut extrême; épiant mes mouvements, il avait suivi la projection du morceau de pain qui, tout à coup, disparaissait.

Le regard inquiet de l'animal indiquait qu'il avait conscience qu'un objet matériel traversant l'espace ne pouvait être annihilé.

Un certain temps, le chat réfléchit.

Ayant argumenté suffisamment, il alla dans la pièce voisine, poussé par le raisonnement suivant : pour que le morceau de pain ait disparu, il faut qu'il ait traversé le mur.

Le chat désappointé revint. Le pain n'avait pas traversé le mur.

La logique de l'animal était en défaut.

J'appelai de nouveau son attention par mes gestes, et un nouveau morceau de pain alla rejoindre le premier derrière le tableau.

Cette fois, le chat monta sur un divan et alla droit à la cachette. Ayant inspecté de droite et de gauche le cadre, l'animal fit si bien de la patte, qu'il écarta du mur le bas du tableau et s'empara ainsi des deux morceaux de pain.

Un diplomate allemand du dernier siècle a fait une observation analogue à propos de sa chatte favorite, qu'il juge avoir fait preuve d'un raisonnement suivi et concluant :

« Je la voyais sans cesse, dit le baron de Gleichen, occupée à se mirer dans la glace, à s'en éloigner pour s'en rapprocher en courant, et surtout gratter autour des cadres, parce que toutes mes glaces étaient enchâssées dans des trumeaux. Cela me détermina un jour à établir un miroir de toilette au milieu de la chambre, pour donner à ma chatte le plaisir de pouvoir en faire le tour.

« Elle commença par s'assurer, en s'approchant et en se reculant, qu'elle se heurtait dans une glace pareille aux autres. Elle passa

12

derrière à diverses reprises, courant toujours plus fort; mais, voyant qu'elle ne pouvait pas atteindre ce chat prompt à lui échapper, elle se plaça au bord du miroir, et, regardant alternativement d'un côté et de l'autre, elle s'assura que le chat qu'elle venait de voir ne pouvait pas être ni avoir été derrière le miroir; ainsi elle se persuada qu'il devait être dedans. Mais que fit-elle pour constater cette expérience, la dernière qui restait à faire? Toujours assise au bord de ce miroir, elle se dressa en allongeant ses deux pattes pour tâter l'épaisseur; sentant qu'elle ne suffisait pas pour contenir un chat, elle se retira tristement; et, convaincue qu'il s'agissait d'un phénomène impossible à découvrir, parce qu'il était en dehors du cercle de ses idées, elle ne regarda plus aucune glace, et renonça pour toujours à un objet qui intéressait sa curiosité[1]. »

Le diplomate allemand, qui fut un ami de Diderot et de tout le cénacle des encyclopé-

[1] *Souvenirs du baron de Gleichen*, publiés par P. Grimblot. Techener, 1868.

distes, voit dans ce fait la sagesse de l'animal qui mit une borne à ses recherches métaphysiques.

Pour moi, ces deux exemples témoignent de sagacité, d'observation et de raisonnement.

CHAPITRE XX.

DU LANGAGE DES CHATS.

Un philosophe naturaliste, de ceux qui purent s'inspirer directement des doctrines des grands esprits du dix-huitième siècle, Dupont de Nemours, ne crut pas inutile d'étudier l'intelligence des animaux et le parti qu'en pourraient tirer les hommes.

Dans un Mémoire adressé à l'Institut, le physiocrate donnait aux observateurs un moyen de comprendre les animaux.

Étudier les animaux en nous, telle était sa méthode.

Les arides controverses sur l'âme des bêtes, il les abandonnait aux métaphysiciens ; pour lui, il se rattachait à l'école de Montaigne, se posant ce problème :

« C'est à deviner, dit-il, à qui est la faulte de ne nous entendre point, car nous ne les entendons pas plus qu'elles nous : par cette mesme raison, elles nous peuvent estimer bestes, comme nous les en estimons[1]. »

L'homme, intelligence supérieure, a la faculté de se rendre compte des intelligences inférieures. Ses sensations les plus intimes, il peut les passer à l'alambic de la raison et les étudier jusque dans leur infinitésimale atténuation.

Si l'enfant ne peut suivre les rouages compliqués dont la civilisation a armé l'homme, l'homme juge nettement des perceptions de l'enfant, de même que la nourrice comprend l'enfant, qui ne comprend pas la nourrice.

L'animal, c'est l'enfant. Or Dupont de

---

[1] Montaigne dit encore : « Nous avons quelque moyenne intelligence de leurs sens : aussi ont les bestes des nostres, environ à mesme mesure. Elles nous flattent, nous menassent et nous requièrent : et nous elles. Au demeurant, nous découvrons bien évidemment qu'entre elles, il y a une pleine et entière communication, et qu'elles s'entr'entendent... »

Nemours, faisant un pas de plus que Montaigne, voulait pénétrer les mystères du langage animal.

« Ce qui nous empêche, disait-il, de comprendre les raisonnements de la plupart des animaux est la peine que nous avons à nous mettre à leur place : peine qui tient aux préjugés par lesquels nous les avons avilis en même temps que nous exagérions notre importance.

« Mais quand nous avons acquis la conviction que les animaux qui nous sont inférieurs sont néanmoins des êtres intelligents, et que par cela même qu'ils n'ont à exercer leur intelligence que sur un moindre nombre d'idées et d'intérêts, ils y portent une attention plus durable, plus répétée, en sont plus fortement frappés, les repassent plus souvent dans leur mémoire ; quand, revenant ensuite sur nous-mêmes, nous réfléchissons à ce qu'éprouverait notre intelligence avec des organes semblables, dans des circonstances pareilles, nous pouvons, d'après leurs sensations de la même nature que les nôtres et leurs conclusions

Concert de chats.

D'après le tableau de P. Breughel.

conformes à notre logique, découvrir la chaîne de leurs pensées ; nous pouvons reconnaître la suite de souvenirs, de notions, d'inductions, qui mène de leurs perceptions à leurs œuvres. »

Poussant son système jusqu'à ses dernières limites, Dupont de Nemours ajoutait :

« On me demande *comment on peut apprendre des langues d'animaux et parvenir à se former de leurs discours une idée qui en approche.*

« Je répondrai que le premier pas pour y réussir est d'observer soigneusement les animaux, de remarquer que ceux qui profèrent des sons y attachent eux-mêmes et entre eux une signification, et que des cris originairement arrachés par des passions, puis recommencés en pareille circonstance, sont, par un mélange de la nature et de l'habitude, devenus l'expression constante des passions qui les ont fait naître.

« Lorsque l'on vit familièrement avec des animaux, pour peu que l'on soit susceptible d'attention, il est impossible de ne pas demeurer convaincu de cette vérité.

« Ces langues reconnues, comment les apprendre? Comme nous apprenons celles des peuples sauvages, ou même de toute nation étrangère dont nous n'avons pas le dictionnaire et dont nous ignorons la grammaire. — En écoutant le son, nous le gravons dans la mémoire, le reconnaissant lorsqu'il est répété, le discernant de ceux qui ont avec lui quelques rapports sans être exactement les mêmes, l'écrivant quand il est constaté, et, à l'occasion de chaque son, observant la chose avec laquelle il coïncide, le geste dont il est accompagné.

« Les animaux n'ont que très-peu de besoins et de passions. Ces besoins sont impérieux et ces passions vives. L'expression est donc assez marquée; mais les idées sont peu nombreuses et le dictionnaire court; la grammaire plus que simple; — très-peu de noms, environ le double d'adjectifs, le verbe presque toujours sous-entendu; des interjections qui, comme l'a très-bien prouvé M. de Tracy, sont en un seul mot des phrases entières : aucune autre partie du discours.

« En comparaison de cela, nous avons des

langues très-riches, une multitude de ma-
nières d'exprimer les nuances de nos idées. Ce
n'est donc pas nous qui devons être embarrassés
pour traduire de l'*animal* en langue humaine.

« Ce qui est plus difficile à comprendre est
que les animaux traduisent nos langues si
abondantes dans la leur si pauvre. Ils le font
cependant; sans cela, comment notre chien,
notre cheval, nos oiseaux privés obéiraient-ils
à notre voix? »

Une théorie si ingénieuse aboutit malheureusement à la traduction d'une chanson de
rossignol, dont les adversaires de Dupont de
Nemours purent se moquer trop facilement.

Marco Bettini[1] avait transcrit, deux siècles
auparavant, le chant des rossignols.

> Tiouou, tiouou, tiouou, tiouou, tiouou,
> Zpe tiou zqua
> Quorrror pipi
> Tio, tio, tio, tio, tio,
> Quoutio, quoutio, quoutio, quoutio,
> Zquo, zquo, zquo, zquo,
> Zi, zi, zi, zi, zi, zis, zi, zi, zi,
> Quorrror tiou zqua pipiqui.

[1] *Ruben, Hilarotragedia Sattiro pastorale*, in-4º. Parme,
1614.

Ces onomatopées, Dupont de Nemours les traduisait ainsi, prétendant donner un échantillon des tendresses du rossignol « pendant la couvaison : »

> Dors, dors, dors, dors, dors, dors, ma douce amie,
> Amie, amie,
> Si belle et si chérie :
> Dors en aimant,
> Dors en couvant,
> Ma belle amie,
> Nos jolis enfants etc.

Un faiseur de romances n'eût pas mieux trouvé ; on railla la découverte avec raison.

A la suite de cette déconvenue, Dupont de Nemours se retira à la campagne et passa deux hivers dans les champs à recueillir des matériaux pour le Dictionnaire des Corbeaux. Ainsi il nota les mots :

Cra,	cré,	cro,	crou,	crouou.
Grass,	gress,	gross,	grouss,	grououss.
Craé,	crèa,	croa,	croua,	grouass.
Crao,	crèè,	croè,	crouè,	grouess.
Craóu,	crèo,	croo,	crouo,	grououss.

Suivant le physiocrate, ces vingt-cinq mots expriment : *ici, là, droite, gauche, en avant,*

*halte, pâture, garde à vous, homme armé,
froid, chaud, partir* « et une douzaine d'autres
avis que les corbeaux ont à se donner selon
leurs besoins. »

Chateaubriand, qui avait un vif amour pour
les corbeaux, prêta quelque attention sans
doute au nouveau dictionnaire dont l'idéo-
logue essayait d'enrichir les sciences naturelles.

Lui aussi, l'homme de génie, se fût in-
téressé à la langue *chat* qu'avait tenté de noter
Dupont de Nemours, qui accordait plus d'intelligence au chat qu'au chien.

« Les griffes et le pouvoir qu'elles donnent
au chat de monter sur les arbres, disait le
naturaliste, sont pour lui une source d'expé-
riences, d'idées, dont le chien est privé. Le
chat a en outre l'avantage d'une langue dans
laquelle se trouvent les mêmes voyelles que
prononce le chien, et de plus six consonnes :
l'*m*, l'*n*, le *g*, l'*h*, le *v* et l'*f*. Il en résulte
pour lui un plus grand nombre de mots.

« Ces deux causes, la meilleure organisation des pattes et la plus grand étendue du

langage *oral*, sont ce qui donne au chat isolé plus de ruse et d'habileté dans son métier de chasseur que n'en a le chien. »

Il ne nous reste rien de cette langue comparée du chien et du chat ; aussi les railleurs peuvent-ils sourire des affirmations de Dupont de Nemours, qui négligea un détail important.

Pour rédiger un tel Dictionnaire, il eût fallu s'adjoindre des philologues allemands et anglais.

Le chat s'appelle, en sanscrit : *Mârdjara* ou *Vidala;* sa parole est indiquée *mandj*, *vid*, *bid*.

Les Grecs appelaient le chat *ailouros* (αιλου-ρος) et sa parole *laruggisein* (λαρυγγιζειν).

Les Latins disaient *felis* et n'ont point désigné sa parole.

Chez les Arabes on appelle l'animal *Ayel* ou *Cotth;* sa parole *naoua*.

Le cri du chat se traduit par *ming* chez les Chinois.

Les Allemands se font comprendre de l'animal par le mot *Katze;* sa parole est dite *miauen*.

Les Anglais disent *cat*, et sa parole *to mew* (prononcez *miou*).

A mon avis, ce sont les peuples occidentaux qui ont le mieux rendu par le son la parole du chat.

Naoua est un miaulement exclusivement oriental. Le *ming* des Chinois fait penser au son métallique du gong.

Je préfère, comme appartenant à une langue plus universelle, le *miauler* des Français, le *miauen* allemand, le *mew* (miou) des Anglais.

Et si trois esprits éminents de ces différentes nations, qui ont traduit par des onomatopées positives le langage de l'animal, pouvaient entrer en parfaite collaboration pour étudier le vocabulaire des chats, peut-être arriverait-on à réaliser les efforts de Dupont de Nemours et de Galiani[1].

Actuellement, il faut s'en tenir, pour le commerce habituel avec ces animaux, à ce que dit Montaigne :

« Quand je me joue à ma chatte, qui sçait

[1] Voir aux Appendices une note du spirituel abbé sur le langage des chats.

si elle passe son temps de moi, plus que je
ne fais d'elle ? Nous nous entretenons de singeries réciproques ; si j'ai mon heure de commencer ou de refuser, aussi a-t-elle la
sienne. »

Caricature japonaise.

CHAPITRE XXI.

TRANSMISSION HÉRÉDITAIRE DES QUALITÉS MO-RALES DES CHATS.

Un ami qui sait regarder et, sans en faire son étude spéciale, a pu étudier de près certains animaux, m'envoie à leur propos de fines observations.

« Je crois que les chats ont une intelligence qu'ils cherchent à appliquer. C'est comme les enfants qui jouent à la guerre, aux métiers, aux voleurs et aux gendarmes; c'est le besoin de s'appliquer à quelque chose de sérieux et de réel; mais les forces leur manquent et leurs sens ne sont pas développés. Voilà une petite chatte dans le jardin; elle grimpe sur l'arbre après des pigeons qu'elle

est bien sûre de ne pas atteindre ; mais l'instinct la pousse à ce jeu de chasse.

« Elle guette au passage l'homme qui fend
du bois au fond du jardin, elle veut jouer avec
lui, elle le suit des yeux : ses yeux clignotent,
ils sont intelligents. Il y a là une intelligence
qui n'est pas développée, et qui est un pur
jeu comme pour les enfants.

« G. Le Roy, qui demande deux mille ans
pour développer l'intelligence des animaux,
au point de les rendre serviables, d'en
faire des serviteurs utiles, demande peut-être
trop.

« Plusieurs générations, élevées et tenues en
serre chaude, aux petits soins, suffiraient
peut-être à appliquer ces instruments intellec-
tuels à de petits offices; mais il faudrait que
les hommes eux-mêmes portassent plus d'attention à ces choses qui ont l'air chimérique
et surtout qui ne sont pas d'une utilité immé-
diate.

« Il faudrait aussi une famille d'observa-
teurs-naturalistes, dont le père confierait au
fils, le fils au petit-fils, le soin d'une famille

de chats dans leur descendance. C'est ainsi qu'on résout les grands problèmes.

« Il y a de par le monde un savant ouvrage de mathématiques. C'est un exemplaire unique. Il a été légué par son auteur à M..., par celui-ci à un autre (toujours au plus digne), et par cet autre, je crois, à M. Biot, qui a dû le transmettre aussi à la plus forte tête mathématique de notre temps.

« Sur la garde, les trois ou quatre illustres dédicaces sont écrites à la main, et la dernière est toujours en blanc jusqu'à la mort du testateur. « Transmis par M... à M... »

« C'est ainsi qu'on devrait perpétuer, d'un naturaliste à l'autre, l'étude et l'observation d'une famille d'animaux [1]. »

[1] Ce projet de perfectionnement des qualités des chats, que le naturaliste Darwin regrettait de ne pas trouver appliqué à l'animal le plus familier de la race féline, il faut en reporter l'honneur à l'ami dont le nom est inscrit en tête de ce volume, à l'homme modeste qui, par les fonctions délicates et difficiles qu'il occupe, n'a pu livrer encore au public ce que l'étude et l'observation ont amassé dans son esprit, à M. Jules Troubat, dont M. Sainte-Beuve, qui l'a depuis quelques années auprès de lui et dans son intimité, disait dans ses *Nouveaux Lundis* :

« Plein de feu, d'ardeur d'une âme affectueuse et amicale, unissant à un fonds d'instruction solide les goûts les plus divers, ceux de l'art, de la curiosité et de la réalité, il semble ne vouloir faire usage de toutes ces facultés que pour en mieux servir ses amis; il se transforme et se confond, pour ainsi dire, en eux.» Que peut-on ajouter à une si fine appréciation, si ce n'est d'en fournir la preuve par les pages ci-dessus?

TROISIÈME PARTIE

Craafly. del. & sculp.

Imp. Cadart et Luce.

J. Rothschild, Editeur.

VAURIENS A LA POURSUITE DU CHAT.

CHAPITRE XXII.

CINQ HEURES DU MATIN.

 C'est l'heure habituelle du réveil de mon chat. Accroupi au pied du lit, à la place qu'occupent les chiens sur les monuments consacrés aux preux, le chat est la plus exacte des horloges.

Il allonge les jambes, bâille pour donner du jeu à sa mâchoire, ouvre de grands yeux. Une fois debout, il vient de s'élever graduellement à une hauteur extraordinaire ; grâce à la flexibilité de son épine dorsale, le dos, tout à l'heure rond et indécis, se change peu à peu en un monticule. Ce n'est

plus un chat, c'est une sorte de petit chameau.

Le chat saute du lit, grimpe sur une chaise,
rôde dans l'appartement et fait tant qu'il
m'éveille tout à fait. En été, j'ouvre la fenêtre, et j'ai quelquefois la paresse de passer
une demi-heure au lit à jouir de l'air frais du
matin, à méditer à demi, à me gendarmer
contre la plume qu'il va falloir plonger tout à
l'heure dans l'encrier.

Le ciel, vers cinq heures du matin, offre de
splendides tableaux. Des gammes de rouge et
de vert se succèdent, se marient, rayonnent,
s'affaiblissent et font comprendre la religion
des adorateurs du soleil. Spectacle toujours
varié, que l'homme ne saurait trop regarder
et qui remplit tout le jour l'esprit d'une douce
sérénité.

Tous les matins ce panorama se déroule
sous les yeux du chat; mais je le soupçonne de
s'intéresser en même temps à certaines choses
plus matérielles. La fenêtre ouverte, il grimpe
sur le rebord, flaire l'air et regarde curieusement au dehors.

(Un chapitre ne devrait-il pas être consacré
ici, suivant la mode des romanciers modernes,
à la topographie de la maison, à ses tenants
et aboutissants, aux jardins qui l'entourent,
aux arbres plantés dans ces jardins, aux personnages qu'on aperçoit sous les arbres, aux
habits de ces personnages, à la qualité de la
trame et à la solidité des doublures?)

Les oiseaux aussi sont éveillés et poussent
de petits cris dans leurs nids.

Ce pépiement a éveillé l'attention du chat
et inquiète ses oreilles, qui vont en s'écartant,
se rabaissent tout à coup, *pointent* en avant,
comme les oreilles d'un cheval ombrageux, et
se livrent à mille flexions qui font qu'aucun
bruit n'est perdu, depuis la voix de la mère
qui voltige autour du nid, jusqu'aux appels de
la couvée réclamant le repas du matin.

Tout à coup le chat dresse le nez au vent;
les parties molles de ce nez, ainsi que les
longues moustaches, entrent en mouvement.
Un oiseau a passé devant la fenêtre; voilà ce
qui préoccupe l'animal. Il se penche, regarde
de son œil vert : l'oiseau a fui à tire-d'aile et

le chat retombe dans l'apathie, en apparence. Accroupi paresseusement, il feint de se rendormir, et la feinte consiste à baisser la jalousie des paupières devant l'étincelante émeraude des yeux.

Telle est l'attitude de l'animal aux aguets. Dans sa naïveté, il s'imagine que l'oiseau qui vole librement va passer à portée de ses griffes, entrer par la fenêtre, peut-être tomber tout rôti dans sa gueule. Dix fois de suite, le chat s'endort et se réveille à volonté, jusqu'à ce qu'il ait compris que guetter à la fenêtre est chose infertile.

Six heures viennent de sonner. Le chat abandonne son poste, arpente lentement la chambre, va et vient de la cuisine à la salle à manger, de la salle à manger au cabinet de travail et pousse de temps à autre quelques cris plaintifs.

Ses pas se portent plus volontiers vers le corridor où s'ouvre la porte donnant sur l'escalier. Il veut sortir, c'est sa préoccupation, sortir pour respirer à l'aise.

Plein de pitié, je passe ma robe de chambre.

sans avoir besoin de dire au chat de me
suivre.

Se précipitant dans l'escalier, d'un bond il
est descendu et frotte de sa tête la porte
fermée, comme si, pour prix de ses caresses,
elle allait s'ouvrir toute seule.

CHAPITRE XXIII.

ENFANCE DES CHATS.

Un petit chat, c'est la joie d'une maison. Tout le jour, la comédie s'y donne par un acteur incomparable.

Les maniaques qui cherchent le mouvement perpétuel n'ont qu'à regarder un petit chat.

Son théâtre est toujours prêt : l'appartement qu'il occupe. L'animal a besoin de peu d'accessoires. Un chiffon de papier, une pelote, une plume, un bout de fil, c'en est assez pour accomplir des prodiges de clownerie.

« Tout ce qui s'agite devient pour les chats un objet de badinage, dit Moncrif. Ils croient que la nature ne s'occupe que de leur divertissement. Ils n'imaginent point d'autre cause du mouvement; et quand, par nos agaceries, nous excitons leurs postures folâtres, ne semble-t-il pas qu'ils n'aperçoivent en nous que des pantomimes dont toutes les actions sont autant de bouffonneries ? »

Même au repos, rien de plus amusant. Tout est malice et sainte nitouche dans le petit chat accroupi et fermant les yeux. La tête penchée comme accablée de sommeil, les yeux mourants, les pattes allongées, jusqu'au museau lui-même semblent dire : « Ne me réveillez pas, je suis si heureux ! » Un petit chat endormi est l'image de la béatitude parfaite.

Surtout ses oreilles sont remarquables dans le jeune âge par leur développement. Immenses et comiques que ces deux oreilles plantées sur un petit crâne ! Le moindre bruit va droit aux oreilles qui remplissent l'appartement.

Voilà le petit chat sur pied ; ses yeux sont presque aussi grands que ses oreilles. Ce qui se loge là dedans d'observations est considé-

rable ; pas un détail n'échappe. Qui sonne ?
qui frappe ? qui remue ? qu'apporte-t-on à
manger ? Car la curiosité est la faculté do-
minante du petit chat.

Jean-Jacques Rousseau mentionne dans
l'*Émile* l'analogie de curiosité de l'animal et
de l'enfant : « Voyez un chat entrer pour la
première fois dans une chambre. Il visite, il
flaire, il ne reste pas un moment en repos,
il ne se fie à rien qu'après avoir tout examiné, tout connu. Ainsi ferait un enfant
commençant à marcher et en entrant pour
ainsi dire dans l'espace du monde. »

L'histoire de chapeau qui suit semble n'avoir
qu'un faible rapport avec les instincts des
petits chats; mais le lecteur trouvera l'analogie quelques lignes plus loin.

Feu Gustave Planche était un jour occupé
à corriger des épreuves dans le cabinet de
rédaction d'une célèbre Revue. Ayant terminé
sa dure besogne, il pousse un soupir de satisfaction et veut prendre son chapeau pour
aller respirer l'air frais du dehors.

Le chapeau avait disparu. Grand émoi dans

la maison. Qui a pu s'emparer du feutre
d'un critique influent? Personne n'est entré
dans le cabinet de la rédaction. Ce chapeau
— médiocre — ne saurait tenter personne.

On cherche et on se rappelle que les enfants
de la maison, qui jouaient tout à l'heure dans
le jardin, ont fureté du côté de la rédaction.

Planche rôde inquiet dans le jardin. Les
enfants sont capables de tout. Auraient-ils
jeté le chapeau dans le puits?

On ne trouve pas de preuves du délit,
les prévenus ont pris leur volée ; cependant,
à force de recherches, on aperçoit de la terre
fraîchement remuée. Après de longues fouilles,
le chapeau apparaît, enterré, bourré de gra-
vier et de pierres. Planche, donnant un coup
à son feutre, s'en retourne en méditant sur
les caprices de l'enfance et les plaisirs singu-
liers qu'elle trouve à enterrer un chapeau.

Les chats, sans se livrer à de telles déprédations, eux aussi sont émerveillés à la vue
d'un chapeau. Ils tournent autour, le flairent,
semblent inquiets d'abord, se précipitent ensuite dans l'intérieur avec délices, et quand ils

14

montrent leur tête étonnée, on les prendrait
pour des prédicateurs en chaire.

Certains êtres n'aiment pas cette prise de
possession de leurs chapeaux par les chats. Il
en est même de maussades, qui chassent bru-
talement ces aimables animaux, sans se rendre
compte qu'ils privent leur entendement d'observations essentielles.

Ce sont d'intrépides explorateurs que les
petits chats. Ils vont à l'aventure tantôt dans
les caves, tantôt dans les greniers, grimpent
sur les toits des maisons voisines, passent volontiers leur museau à la porte entrebâillée
donnant sur la rue et reviennent avec une
provision d'observations utiles pour l'avenir;
quelquefois cependant cette ardente curiosité
les pousse dans des endroits dangereux et les
jette dans des embarras dont ils se repentent.

Il faut voir un petit chat grimper le long
d'un arbre. Il monte de branche en branche
plus haut, toujours plus haut, comme s'il voulait se donner le spectacle d'un beau panorama. Où va-t-il? Il n'en sait rien. Il
grimpe avec ardeur, ne s'inquiétant pas si les

branches s'amincissent : ce n'est que quand
il pose la patte sur de frêles brindilles qu'il
commence à comprendre le danger d'aller
toujours devant soi. Alors, plein d'angoisses,
ne pouvant continuer sa route, n'osant recu-
ler, le petit chat pousse des miaulements à
fendre l'âme, et si l'arbre, sur lequel il est
perché consterné, empêche par son élévation
d'y appliquer une échelle pour tenter le sau-
vetage de l'animal, ce sera avec d'infinies
précautions et le cœur battant à rompre la
poitrine, que le petit chat se laissera couler le
long des branches en y enfonçant des griffes
névralgiques.

Sa curiosité n'est qu'un péché véniel, si on
le met en regard de sa gourmandise.

Le physiologiste Gratiolet, voulant faire
comprendre la jouissance de tous les organes
quand un sentiment de plaisir s'éveille à l'occasion de l'action d'un organe sensitif quelconque, a pris pour exemple le chat gourmand. Ce qu'il en dit est excellent :

« Voyez un petit chat s'avancer lentement
et flairer quelque liquide sucré ; ses oreilles se

dressent ; ses yeux, largement ouverts, expriment le désir ; sa langue impatiente, léchant
les lèvres, déguste d'avance l'objet désiré. Il
marche avec précaution, le cou tendu. Mais il
s'est emparé du liquide embaumé, ses lèvres
le touchent, il le savoure. L'objet n'est plus
désiré, il est possédé. Le sentiment que cet
objet éveille s'empare de l'organisme entier ;
le petit chat ferme alors les yeux, se *consi-
dérant lui-même tout pénétré de plaisir*. Il se
ramasse sur lui-même, il fait le gros dos, il
frémit voluptueusement, *il semble envelopper
de ses membres son corps*, source de jouis-
sances adorées, *comme pour le mieux posséder*.
Sa tête se retire doucement entre ses deux
épaules ; on dirait qu'il cherche à oublier le
monde, désormais indifférent pour lui. *Il
s'est fait odeur, il s'est fait saveur, et il se
renferme en lui-même avec une componction
toute significative.* »

Un petit chat n'est pas seulement curieux
et gourmand ; il remplit un rôle utile, surtout dans ses rapports de famille, et je conseille aux amis de la race féline de laisser

pendant au moins deux mois l'enfant à sa mère,
non pas seulement pour l'écoulement du lait.

Le père et la mère sont arrivés à l'âge de
tranquillité, de quiétude et quelquefois d'as-
soupissement, auquel il faut prendre garde.

Un nouveau-né, par sa gaîté, les tire de
leur paresse. Ce n'est pas lui qui les laissera
dormir ou rêver. Le matin, follement il gam-
bade sur le corps de ses parents et les lèche
jusqu'à exciter leur système nerveux. Le père
a beau marquer son irritation par les mouvements saccadés de sa queue ; le petit chat
saute sur cette queue frétillante, la mord sans
craindre les coups de patte et force ses père
et mère à prendre part à ses ébats. Ainsi con-
tribuera-t-il à rendre la souplesse à des animaux, dont les membres tendaient à la paresse.

CHAPITRE XXIV.

JEUX DE CHATS, PLEURS DE SOURIS.

Le chat a aperçu, dans un appartement, un trou de souris : il va le flairer de près pour se rendre compte si une odeur y est attachée qui dénote la présence du rongeur. Le trou est-il habité, le chat ne s'en inquiète pas pendant le jour; il attendra la nuit, accroupi à quelques pas, sans faire un mouvement. Une nuit entière peut se passer sans résultats, l'animal ne perd pas patience; seulement il opère dans tout l'appartement une perquisition qui ferait honneur à un juge d'instruction. La tanière de la souris peut avoir diverses sorties. Elles sont d'habitude étroites, placées dans les coins de l'appartement, aux endroits obscurs, sous les meubles.

Le chat n'a pas trouvé d'autres sorties de la caverne de ses ennemis. Pendant plusieurs nuits il se tient immobile près du trou, et, quand le rongeur passe sa tête au dehors avant de s'engager dans la chambre, c'est comme un coup de massue qu'il reçoit sur le crâne, qui le livre étourdi à des griffes sans pitié.

Un défenseur de l'instinct des animaux, M. Brasseur-Wirtgen, rapporte un fait de sa chatte, qui dément l'égoïsme attribué à la race féline.

« Mes lectures, dit-il, qui nous isolaient par la pensée, disposaient assez mal la chatte pour mes livres; parfois sa petite tête venait se profiler sur la page que je parcourais. Elle semblait chercher quel était le charme qui pouvait m'absorber ainsi; elle ne comprenait sans doute pas que le bonheur pût habiter au delà d'un cœur dévoué, quand il est présent.

« Sa sollicitude n'était pas moins manifeste lorsqu'elle m'apportait des rats ou des souris. Agissant en cela exactement comme si j'eusse été son fils. La chatte traînait parfois à mes pieds des rats énormes, encore palpitants; sa logique, sans doute, était d'offrir une venaison qui s'accordât avec la taille de son consommateur, car jamais elle ne présenta de telles pièces à ses petits.

« Mais à ce dévouement succédait la déception. Après avoir placé les produits de sa chasse sous mes regards, elle paraissait très-tourmentée de mon indifférence pour d'aussi bons morceaux. »

CHAPITRE XXV.

SENTIMENTS DE FAMILLE.

« J'avais deux chattes, dit Dupont de Nemours, l'une mère de l'autre : toutes deux en
gésine. La mère avait mis bas le jour précédent. On ne lui avait ôté aucun de ses petits.
La jeune étant à sa première portée, eut
un accouchement très-pénible. Elle perdit la
connaissance et le mouvement à son dernier
petit, encore non dégagé du cordon ombilical. La mère tournait et retournait autour
d'elle, essayant de la soulever, lui prodiguant
tous les mots de tendresse, qui chez elles sont
très-multipliés, des mères aux enfants.

« Voyant, à la fin, que les soins qu'elle pre-

nait pour sa fille étaient superflus, elle s'occupa en digne grand'mère des petits qui ram-
paient sur le parquet comme de pauvres
orphelins. Elle coupa le cordon ombilical de
celui qui n'était pas libre, le nettoya, lécha
tous les petits et les porta l'un après l'autre au
lit de ses propres enfants pour leur partager
son lait.

« Une bonne heure après, la jeune chatte reprit ses sens, chercha ses petits, les trouva té-
tant sa mère. La joie fut extrême des deux
parts, les expressions d'amitié et de reconnais-
sance sans nombre et singulièrement tou-
chantes. Les deux mères s'établirent dans le
même panier; tant que dura l'éducation, elles
ne le quittèrent jamais que l'une après l'autre,
nourrirent, caressèrent, guidèrent ensuite in-
distinctement les sept petits chats, dont trois
étaient à la fille et quatre à la grand'mère.

« J'ignore, s'écrie Dupont de Nemours pour
conclure, dans quelle espèce on fait mieux. »

Il est certain que le sentiment maternel est
extraordinairement développé chez la chatte :
on pourrait citer nombre d'anecdotes à ce su-

D'après une peinture du comédien Rouvière.

jet; mais j'ai une extrême défiance des histoires
attendrissantes sur le compte des animaux. Un
observateur de la portée de Dupont de Nemours, un Le Roy (malheureusement ses fonctions et ses aptitudes l'éloignèrent de la race
féline), on peut les croire; mais qu'ils sont
rares les esprits qui veulent bien se contenter
des phénomènes naturels sans les enjoliver!

L'auteur de la *Folie des animaux*, Pierquin
de Gembloux, cite pourtant chez la chatte un
trait d'amour maternel qui paraît digne de
croyance :

« M. Moreau de Saint-Méry, dit-il, avait
une chatte souvent mère, et toujours inutile-
ment, parce qu'on ne lui laissait pas élever
sa famille. Cependant, pour ne pas trop l'affli-
ger et donner quelque écoulement à son lait,
on ne lui ôtait qu'un petit chaque jour. Pendant
cinq jours elle avait subi ce malheur. Le
sixième, avant qu'on eût visité son panier, elle
prend le dernier enfant qui lui restait, le
porte au cabinet de son maître et le lui dépose
sur les genoux. Le nourrisson fut sauvé; mais
la mère le rapportait tous les jours et n'avait

point de tranquillité que le maître n'eût fait
au petit quelque caresse et n'eût renouvelé
l'ordre d'en prendre soin. »

De son côté, M. Charles Asselineau m'envoie l'observation suivante :

« Ma chatte fait ses petits à la campagne.
Je lui en laisse un pour empêcher que son lait
ne lui monte à la tête, et je donne l'autre à
ma blanchisseuse.

« Pendant une des nuits suivantes, toute la
maison est éveillée par des lamentations de
jeunes chats à fendre l'âme. Il pleuvait à tor-
rents. La jardinière, qui a le cœur tendre, se
lève et trouve le petit chat à moitié noyé,
transi, mourant. Elle le prend, l'emporte,
et, pour le réchauffer, le couche à côté d'elle
dans son lit.

« Le lendemain matin, on présente le petit
à sa mère. Il se jette sur elle en affamé et essaie de se coucher sous son ventre pour téter ;
mais la chatte le repousse énergiquement,
se hérisse, jure et montre les griffes. Vingt
fois on renouvelle la tentative avec le même
insuccès.

« Nous voilà tous scandalisés, indignés contre cette marâtre, qui ne reconnaissait plus son fruit après deux jours de séparation. Mes nièces en pleuraient : « Oh! la vilaine, la mauvaise mère! »

« On se décide enfin à reporter le petit chat chez la blanchisseuse, en la grondant fortement de sa barbarie de mettre un nouveau-né à la porte par un temps pareil, et que trouvet-on? Le vrai chaton, moelleusement couché sur un coussin, avec une soucoupe de lait à sa portée.

« Nous avions donc calomnié la mère. Son instinct avait été plus clairvoyant que nos yeux. Elle avait du premier coup reconnu que l'enfant qu'on lui présentait n'était pas le sien et l'avait repoussé pour ne pas faire de tort à son nourrisson[1]. »

[1] Tous les animaux n'ont pas un tel instinct. D'une notice lue à une séance de la Société britannique pour le progrès des sciences par M. Charles Buxton, membre du Parlement, j'extrais ce fragment sur une illusion singulière en pareil cas.

« L'instinct maternel, dit M. Buxton, s'est développé d'une manière bien absurde dans un couple de perroquets gris. Cette année, une chatte a fait ses petits dans une des

niches. Deux perroquets gris, qui n'ont pas eu l'esprit de
pondre des œufs et de fonder une famille, se sont mis dans
la tête que ces petits chats sont leurs enfants. Ils ont dé-
claré la guerre à la vieille chatte, et dès qu'elle quitte la
niche, l'un d'eux vient s'y mettre avec les petits chats,
dont ils ne s'éloignent guère, même quand la mère est là. »

CHAPITRE XXVI.

PROPRETÉ.

C'est, peut-être l'exquise propreté du chat qui fait que tous les peuples l'ont comparé à la femme.

Le chat a l'amour de la toilette poussé au plus haut degré; fier du brillant de sa robe, il ne souffre pas qu'un poil soit couché en sens contraire.

Lorsque l'animal a mangé, il passe et repasse la langue de chaque côté des mâchoires et des moustaches pour les nettoyer; il se nettoie la robe avec sa langue, dont les aspérités font l'office d'une étrille; mais comme il est difficile au chat, malgré sa souplesse,

15

d'atteindre les parties supérieures de la tête, l'animal se sert de sa patte, qu'il humecte de salive pour lisser cet endroit.

Aussi, à propos des soins qu'un chat prend de sa personne, un observateur a-t-il dit : « On ne doit pas oublier que la propreté est non-seulement une vertu sociale, mais aussi qu'elle contribue à la santé et qu'elle est un signe de respect pour soi-même et pour autrui[1]. »

[1] De Lasteyrie. *Histoire naturelle*. Paris 1834.

CHAPITRE XXVII.

CROQUIS DE CHATS D'APRÈS NATURE.

Jamais je n'ai vu d'allongements si caracté-
ristiques que ceux du chat, de la chatte et de
leur petit, le 10 juin 1865, à midi.

J'ai passé une heure à les regarder tous
trois dans leur longueur, étendus sur un divan, la chatte, la tête pendue sans force, le
matou accablé, et le petit chat lui-même pris
de mouvements nerveux dans les pattes et les
oreilles.

Les laboureurs qui s'étendent à l'ombre des
meules de foin, après une rude matinée de travail, ne sont pas plus fatigués. Pourtant la famille de chats n'a rien labouré depuis ce matin.

Quelque phénomène doit se passer dans la nature pour amener ces affaissements, ces secousses nerveuses qui traversent et agitent leurs membres.

Il faudrait une plume d'une extrême délicatesse pour donner l'idée d'un ménage consacré à l'éducation du nouveau-né.

Où trouver le dessinateur qui rende une *couvetée* de chats, tous trois entrelacés, la mère s'appuyant comme sur un fauteuil contre le père étendu, le petit chat dans les pattes de sa mère?

Combien s'aiment tendrement ces animaux!

C'est avec des roucoulements de colombe que la mère appelle son petit quand on l'enlève à ses embrassements.

A peine a-t-il fait quelques pas dans la chambre voisine, elle le cherche. Lui aussi, le père, joint sa voix aux accents suppliants de la chatte, si quelqu'un fait mine de toucher au nourrisson.

Ce sont des léchements et d'infinis baisers à trois; et le petit chat, quoique la dépression du crâne et le nez aplati des premiers

jours lui donnent une apparence de mauvaise humeur, se rend bien compte de ces
caresses.

Le petit chat a atteint six semaines. C'est
habituellement l'époque de son départ. Il est
sevré, son éducation est ébauchée. On l'a
promis depuis sa venue au monde à des amis
émerveillés des délicatesses de la mère, de la
mâle tournure du père.

La transmission héréditaire des qualités de
ses parents va subir son développement dans
une autre maison.

Il est parti!

La chatte inquiète parcourt l'appartement,
cherche son petit, l'appelle pendant quelques jours, jusqu'à ce qu'heureusement la
mémoire s'altérant lui enlève l'image de celui
pour lequel elle témoignait tant de sollicitude.

CHAPITRE XXVIII.

DE L'ATTACHEMENT DES CHATS AU FOYER.

On pourrait citer de nombreux exemples de chats qui, emmenés dans de nouveaux domiciles, revinrent, malgré l'éloignement, à l'ancien logis, guidés par un flair aussi subtil que celui du chien. De tels faits sont fréquents, et comme je ne peux donner place ici à tous ceux qu'on m'a signalés, les deux récits suivants me paraissent particulièrement concluants.

Un curé de campagne fut un jour élevé en grade et appelé à diriger les âmes d'une petite ville voisine, à cinq lieues de l'ancienne paroisse.

Son intérieur se composait jusque-là d'une vieille servante, d'un corbeau et d'un chat, trois êtres qui animaient la maison. Le chat était quelque peu voleur; le corbeau taquin sans cesse le picotait de son bec; la vieille servante criait après l'un, après l'autre, et le curé s'intéressait aux disputes de ce petit monde.

Le lendemain de l'emménagement à la ville, le chat disparut. Avec inquiétude le corbeau sautilla dans tous les coins de la cour, cherchant son compagnon; la vieille servante regrettait qu'aucun morceau de viande ne lui fût enlevé par le chat, et le curé craignait que cette tristesse n'amenât sur sa tête l'avalanche de récriminations habituellement réservées à l'animal.

Quelques jours après, un des anciens paroissiens du curé vint lui rendre visite et lui demanda si c'était à dessein qu'il avait laissé son chat au village.

On le voyait miauler aux portes du presbytère; certainement le paysan l'eût rapporté à son maître, s'il n'avait cru qu'on voulait s'en débarrasser.

Maître et servante ayant protesté vivement contre cette accusation d'abandon, le chat fut ramené pour leur plus grande joie ; mais l'animal disparut encore une fois, sans s'inquiéter des sentiments d'affection qu'il inspirait.

De nouveau le curé fut averti que son successeur était troublé par les gémissements du chat, qui, errant par le jardin, offrait une désolée silhouette sur les murs du presbytère qu'il ne voulait pas abandonner.

Une seconde fois l'animal fut ramené à la ville dans une misère affreuse. Depuis huit jours il était parti : depuis huit jours il semblait ne pas avoir mangé. Les os se comptaient sous sa robe sans lustre ; l'animal faisait piteuse figure.

La servante abusa de soins et de prévenances pour le matou ; elle lui offrait de gros lopins de viande et laissait la porte du garde-manger ouverte comme par mégarde, flattant ainsi les instincts de l'animal.

Une si grasse cuisine ne put enchaîner le chat. L'ancien foyer lui tenait au cœur ; il portait aux murs du précédent presbytère l'attachement des personnes âgées qui ne survivent pas à une expropriation.

On apprit que l'entêté animal, plat comme une latte, poussait de lamentables miaulements qui fatiguaient tout le village ; même il était à craindre qu'un paysan sans pitié ne lui tirât un coup de fusil pour en débarrasser le canton.

Cependant la servante, malgré l'ingratitude du matou, conservait une vive affection pour lui ; dans son bon sens, elle trouva un remède désagréable, mais qui, suivant elle, devait faire paraître la nouvelle cure un lieu de délices pour le chat.

S'étant emparé de l'animal, un homme l'introduisit dans un sac et trempa sac et chat dans une mare, après quoi le matou fut ramené à ses anciens maîtres, dans quel état d'irritation, on s'en doute ; mais là se terminèrent ses escapades.

Une autre histoire, que je tiens d'un médecin, est plus significative encore.

L'instinct particulier qui ramène les chats au foyer, malgré les dangers, a été appliqué en Belgique à un pari où furent engagées de grosses sommes.

Il est de mode chez les Flamands de faire courir des pigeons et de baser des paris sur l'oiseau qui, le premier, revient à un but déterminé.

Or un paysan paria que douze pigeons, transportés à huit lieues de distance, ne seraient pas rentrés à leur colombier avant que son chat, lâché au même endroit, eût regagné son logis.

Le chat a la vue courte; il aime la vie sédentaire. S'il buissonne, c'est dans un endroit sec ou semé d'un vert gazon; l'eau et la boue lui déplaisent. Tout homme lui inspire une profonde terreur.

Le pigeon, planant dans les airs, échappe à ces dangers. Voler au loin appartient à sa nature : la mort seule l'empêche de revenir à son colombier.

On se moqua d'autant plus du paysan que, dans le parcours décidé, un pont séparait deux rives, et qu'il semblait impossible que le flair du chat ne fût mis en défaut par cet obstacle.

Chatte allaitant ses petits, d'après un bronze
du Musée égyptien.

Le chat triompha de ses douze adversaires, revint au logis avant les pigeons et rapporta une grosse somme d'argent à son maître.

CHAPITRE XXIX.

LES CHATS A LA CAMPAGNE.

Sous la verdure est cachée la maisonnette que j'habite; un petit terrain, moitié pelouse, moitié jardin, entouré d'une haie de sureaux et de rosiers sauvages, fait de cet endroit une solitude riante.

Le matin, certains oiseaux viennent s'ébattre dans les sureaux et font entendre un cri sec (*t' t' t' t' t'*) comme s'ils frappaient du bec contre une planche. Ce bruit attire le chat, qui se met en embuscade dans la haie et reste immobile des heures entières sans rien rapporter de sa chasse, car il n'est pas de la race de ses confrères dont parle Montaigne,

qui, magnétisant les oiseaux d'un vert regard,
les font tomber dans leur gueule.

Une cabane, autour de laquelle s'accro-
chent quelques brindilles de vigne vierge, est
adossée à un grand acacia. C'est mon cabinet
de travail.

Tout d'abord, le chat vient faire ses griffes
contre le tronc de l'acacia, après quoi il grimpe
aux premières branches, saute à terre, remonte, redescend:

Ayant fait quelques tours dans le jardinet,
le chat s'aperçoit que son maître pensif est
courbé devant une table, griffonnant du papier. Cela ne fait pas son affaire. Il saute sur le
banc à mes côtés, s'y accroupit un instant, et
tout à coup grimpe sur la table, se demandant
quelle est la grave occupation qui m'empêche
de prêter attention à sa personne.

— Je serai grave aussi, semble-t-il dire
pour se faire pardonner sa familiarité.

Et il se pose devant moi sur la table, dans
la tranquille attitude de ses aïeux de l'Égypte.

Mais le mouvement de la plume fait briller
ses prunelles. Le chat, trouvant que la plume

ne court pas assez vite sur le papier, lui
donne de petits coups de patte.

Qu'on est heureux d'être dérangé dans le
travail, et quel excellent motif de paresse !

Le chat a repris sa solennelle attitude, et
moi ma plume. Mais ses taquineries recom-
mençant : — *Hé!* lui dis-je.

Il ne tient compte de cet avertissement et
s'imagine que j'agite ma plume pour sa ré-
création.

Enfin un *allons!* ne l'ayant pas fait rentrer
dans l'ordre, j'éloigne définitivement cet animal subversif.

Je suis donc délivré de l'opposition du chat ;
ce n'est pas pour longtemps. Après un instant
de silence, j'entends sur le toit de la cabane
un bruit d'éraillements bizarres : la vieille toile
goudronnée, qui se déchire, donne alors passage, à travers les lattes, à une patte qui s'a-
gite et se remue dans le vide comme si elle
sollicitait une poignée de main.

C'est une suprême jouissance pour les chats
et les enfants, qu'un trou ! Le toit est crevé :
par cette ouverture deux pattes vont donner la

pantomime. Comment travailler avec la comédie qui se joue au-dessus de ma tête?

Espérant échapper à ces distractions, je
quitte la place pour m'étendre dans un hamac
accroché aux troncs de vieux sureaux, dont
les branches forment une ombre épaisse. Si je
n'écris pas ce matin, du moins pourrais-je
lire en paix.

Justement un petit chat étranger vient de
descendre du toit voisin, et les deux compères
savent se distraire ensemble, entremêler leurs
folles courses de luttes capricieuses à travers
les plates-bandes, faire assaut d'étreintes, de
bonds, de cachettes dans les buis, de grogne-
ments, de morsures, d'oreilles tendues, de sauts
de côté, d'yeux allongés et de gueules roses.

Que les deux compagnons courent après les
papillons, qu'ils s'acharnent après un brin
d'herbe remué par la brise, je veux l'oublier,
étendu dans le hamac, un livre à la main.

Un potage est excellent, le matin, pour
l'estomac, et non moins excellente pour l'estomac intellectuel une page d'un bon écrivain.

En me dérangeant du travail, le chat m'a

fait souvenir que j'ai oublié depuis quelque
temps de lire La Bruyère, et me voilà en train
de feuilleter le volume.

Un vent frais souffle à travers le feuillage;
les rayons de soleil ne peuvent traverser la
voûte épaisse des sureaux. On est bien ici pour
lire en paix.

Tout à coup un des petits chats s'élance
après l'arbre de gauche, son compagnon
saute après le tronc de droite, et les deux
comédiens se rejoignent dans les branches au-
dessus du hamac, passant leurs têtes à travers le feuillage. Ce sont des mines coquines,
des trémoussements, des appels de pattes, des
tressaillements de tout le corps, des jurons, de
doux miaulements, des poses penchées, de
comiques singeries qui, sans médire de l'écrivain le plus classique du dix-septième siècle,
me font abandonner son livre, les deux petits
chats m'intéressant plus pour le moment que
les observations de La Bruyère sur l'homme.

CHAPITRE XXX.

PROMENADE DANS LE PARC.

Mon intention, dans ces études, n'a pas été de médire des chiens. J'éprouve même un certain plaisir à être excité à la promenade par un chien qui, sautant, remuant la queue, tournant autour de moi, me regarde avec des yeux qui semblent dire : *Partons-nous?* Une fois dehors, j'aime ce brave compagnon qui file comme un train, se rappelle que son maître ne peut le suivre, revient sur ses pas, témoigne sa joie par mille gestes amicaux, aboie et repart en criant : *En avant!*

Mais il y a plus de charme et de délicatesse dans la compagnie du chat qui veut bien faire

la conduite à son maître. Le chat n'invite pas
à la promenade, n'éprouve pas la jouissance
ambulatoire particulière au chien ou du moins
n'en laisse rien paraître. Il suit celui pour
lequel il a de l'affection, à condition toutefois
que la course sera de peu de durée et dans
un endroit tranquille.

Un penseur qui, un livre à la main, se
promène sous les charmilles d'un jardin, est
particulièrement agréable à l'animal. Alors le
chat court en avant, s'arrête tout à coup, se
roule sur le sable en se frottant le dos avec
délices. Il attend ainsi son maître, afin d'en
recevoir quelque caresse, pour recommencer
le même manége vingt pas plus loin.

CHAPITRE XXXI.

DISCUSSION POLIE SUR LES CHATS ET LES CHIENS
ENTRE PERSONNAGES DISTINGUÉS.

J'imagine que vers 1810 on ait pu rassembler une société choisie de sept ou huit personnes, discutant agréablement, et ne craignant pas de montrer à nu leurs réels sentiments. On voit, autour de la cheminée, des naturalistes, des économistes, des gens d'esprit et des femmes du monde. Buffon a amené son collaborateur Sonini; le jeune Jean-Baptiste Say fait son entrée sous le patronage de l'abbé Galiani, et Mme de Custine s'entretient avec la jolie Delphine Gay. Buffon est bien vieux; mais Mlle Gay est bien jeune.

La conversation roule sur les chats : on écoute le vieux Buffon.

— Le chat, dit-il, est un domestique infidèle, qu'on ne garde que par nécessité, pour l'opposer à un autre moins domestique, encore plus incommode, et quoique ces animaux, surtout quand ils sont jeunes, aient de la gentillesse, ils ont en même temps une malice innée, un caractère faux, un naturel pervers, que l'âge augmente encore et que l'éducation ne fait que masquer. De voleurs déterminés, ils deviennent, seulement lorsqu'ils sont bien élevés, souples et flatteurs comme les fripons; ils ont la même adresse, la même subtibilité, le même goût pour faire le mal, le même penchant à la petite rapine. Comme les fripons, ils savent couvrir leur marche, dissimuler leurs desseins, épier les occasions, attendre, choisir, saisir l'instant de faire leur coup, se dérober ensuite au châtiment, fuir et demeurer éloignés jusqu'à ce qu'on les rappelle. Ils prennent aisément des habitudes de société, jamais des mœurs. Ils n'ont que l'apparence de l'attachement; on le voit à leurs mouvements

obliques, à leurs yeux équivoques ; ils ne regardent jamais en face la personne aimée ; soit
défiance, soit fausseté, ils prennent des détours
pour en approcher, pour chercher des caresses
auxquelles ils ne sont sensibles que pour le
plaisir qu'elles leur font. Bien différent de cet
animal fidèle dont tous les sentiments se rap-
portent à la personne de son maître, le chat
paraît ne sentir que pour lui, n'aimer que
sous condition, ne se prêter au commerce
que pour en abuser, et par cette convenance
de naturel, il est moins incompatible avec
l'homme qu'avec le chien, dans lequel tout
est sincère.

On a écouté avec déférence la parole du
maître, ses phrases irréprochables comme ses
manchettes ; mais le naturaliste Sonini, quoiqu'il ait l'honneur de collaborer avec Buffon,
est loin d'éprouver la même antipathie pour
la race féline.

— Une chatte angora fut, dit-il, pendant
des années, ma plus douce société. Combien
de fois ses tendres caresses me firent oublier
mes ennuis et me consolèrent de bien des infor-

tunes! Ma belle compagne mourut enfin. Après plusieurs jours de souffrance, pendant lesquels je ne la quittai pas un moment, ses yeux constamment fixés sur moi s'éteignirent, et sa perte remplit mon cœur de douleur.

D'accord avec Sonini, Galiani conte que, sans la société de deux chats, la vie de Naples lui eût été insipide. L'un de ces chats s'étant égaré par la faute de ses gens, il avait congédié tout son monde. Et l'abbé avoue que si l'animal n'avait été retrouvé, il pensait se pendre de désespoir.

Mᵐᵉ de Custine, s'adressant à Buffon plus directement :

— Vous me battriez si je vous dis que l'attachement des chiens ne me touche pas du tout. Ils ont l'air condamnés à nous aimer ; ce sont des machines à fidélité, et vous savez mon horreur pour les machines. Elles m'inspirent une inimitié personnelle... Vivent les chats! Tout paradoxe à part, je les préfère aux chiens. Ils sont plus libres, plus indépendants, plus naturels ; la civilisation humaine n'est pas devenue pour eux une seconde na-

ture. Ils sont plus primitifs que les chiens,
plus gracieux; ils ne prennent de la société
que ce qui leur convient et ils ont toujours une
gouttière tout près du salon pour y redevenir
ce que Dieu les a faits et se moquer de leur
tyran... Quand, par hasard, ils aiment ce
tyran, ce n'est pas en esclaves dégradés comme
ces vilains chiens, qui lèchent la main qui les
bat, et qui ne sont fidèles que parce qu'ils
n'ont pas l'esprit d'être inconstants...

On parla alors de certaines analogies phy-
sionomiques qui existent entre les animaux et
les hommes : les uns tenant de l'aigle, ceux-
ci de la fouine, quelques femmes ayant des
yeux de gazelles, celles-ci douées de la légèreté
de l'écureuil.

— Ce sont surtout les chats et les chiens,
dit Mlle Delphine Gay, qui forment les deux
races bien distinctes de l'humanité... L'individu appartenant à la *race chien*, a toutes les
qualités de cet animal : la bonté, le courage,
le dévouement, la fidélité et la franchise;
mais il en a aussi les défauts : la crédulité,
l'imprévoyance, la bonhomie, oui la bon-

homie, car si elle est une vertu du cœur, elle est aussi un défaut de caractère... L'homme ressemblant au chien est plein de qualités solides ; mais, en général, il manque d'adresse et de charme. Il est rarement séducteur. Sa vocation le porte aux emplois sérieux, aux états qui demandent des vertus solides. L'homme-chien fait toujours un bon soldat ; c'est aussi la race de l'homme-chien qui fournit les meilleurs maris, les meilleurs domestiques, les amis sincères, les bons camarades, les dupes sublimes, les héros etc... Enfin, il choisit toujours de préférence les professions où il est possible de rester honnête homme. L'homme-chien est chéri de tous ceux qui le connaissent, mais il est rarement aimé ; il est né pour l'amitié, et s'il ressent l'amour, il ne l'inspire jamais ; il a presque toujours une femme coquette qu'il adore, et des enfants ingrats qui le ruinent...

— L'homme-chat, au contraire, continua la femme d'esprit, n'est jamais victime que d'une ruse qui ne réussit pas. Il ne possède aucune des qualités de l'homme-chien, mais il a tous

les profits de ces qualités : il est égoïste, ingrat, avare, ambitieux et perfide; mais il est
adroit, coquet, gracieux, persuasif, doué d'intelligence, d'habileté et de séduction; il possède l'expérience infuse; il devine ce qu'il
ignore, il comprend ce qu'on lui cache. Cette
race fournit les grands diplomates, les séduc-
teurs et généralement tous les hommes que les
femmes appellent *perfides*...

Mme de Girardin avait à peine terminé, que
la maîtresse de la maison se tournait vers
l'homme aux lèvres pincées et aux yeux spirituels qui devait devenir Jean-Baptiste Say,
l'économiste. D'extérieur modeste et simple,
ce disciple de Franklin parlait rarement dans
les grandes réunions; mais l'intimité faisait
disparaître sa timidité, et une fois entraîné,
il était de ces savants aimables qui ne sont
pas indifférents au badinage de la conversation.

Les invités avaient remarqué ses gestes pendant que Mlle Gay parlait, et après l'agréable
paradoxe de la femme d'esprit, chacun était
curieux d'avoir l'opinion du penseur sur le
débat.

— Je ne sais qui a fait cette remarque,
dit Jean-Baptiste Say, que ceux qui aiment
les chats se distinguent aussi par leur philanthropie. On serait tenté, au premier abord,
de prendre cela pour une plaisanterie; mais
plusieurs exemples confirment cette remarque, il faut donc qu'elle ait quelque fon-
dement..... Oui, il faut avoir bien de la
philanthropie pour aimer les chats..... Celui
qui n'est point blessé que chacun cherche
son bien-être à sa manière; qui, sans vouloir sacrifier sa propre indépendance, sait
respecter celle des autres; qui trouve bon que
chaque homme ait ses goûts et veuille les satisfaire, ait ses opinions et s'efforce de les sou-
tenir, celui-là est un véritable philanthrope...
Un tel caractère peut seul s'accommoder de
l'indépendance du chat, animal qui n'est
point malfaisant quand il n'est pas poussé à
bout par la faim ou par les mauvais traitements, mais qui conserve l'indépendance de
ses goûts plus que tout autre domestique...
Ne pensez-vous pas que l'homme qui cherche
des esclaves doit s'accommoder de préférence

du chien, animal rampant, qui n'emploie
les facultés dont le ciel l'a doué qu'au service d'un maître, qui se soumet aux caprices et lèche la main de l'injustice comme
celle de la bienfaisance?... M. de Buffon, re-
prit-il, fait un crime au chat *d'aimer ses aises,
de chercher les meubles les plus mollets pour
s'y reposer et s'ébattre*, c'est tout comme les
hommes; *de n'être sensible qu'aux caresses que
pour le plaisir qu'elles lui font*, c'est encore
comme les hommes; *d'épier les animaux plus
faibles que lui pour en faire sa pâture*, c'est
toujours comme les hommes; *d'être ennemi de
toute contrainte*, c'est comme les hommes encore.

Les écrivains légers ou sérieux, même les
causeurs, sont économes des aperçus qu'amène
la conversation. Buffon avait répété une page
de son *Histoire naturelle*. Sonini, l'abbé Galiani, Mme de Custine, firent de ce débat le
thème de lettres à leurs amis; Jean-Baptiste Say
se le rappela plus tard et consigna ses aperçus dans le *Petit volume contenant quelques
aperçus des hommes et de la société;* Mlle Del-

phine Gay y puisa le thème d'un de ses spirituels courriers. Et si on me reprochait d'avoir
fait converser ensemble des personnages à qui
leur âge ne permet guère de s'être rencontrés
dans un même salon, qu'on excuse l'auteur,
qui cherche à enlever aux citations ce qu'elles
ont de fatigant.

CHAPITRE XXXII.

LES AMOURS DES CHATS.

Au commencement d'un hiver, je pus observer les phénomènes de l'amour chez un
chat et une chatte que je tenais renfermés ;
aucune de leurs évolutions ne fût perdue,
grâce à un accident qui me faisait garder la
chambre.

La chatte, plus joueuse que d'habitude,
houspillait particulièrement le chat ; le chat
supportait ces agaceries en philosophe et se
tenait dans le platonique.

Le lendemain, ce fut au tour du matou de
poursuivre la chatte, qui à son tour fit la
sourde oreille.

Trois jours durant, ces animaux jouèrent le *Dépit amoureux*.

Le chat poussait de longs gémissements ; la chatte restait inflexible. Pas d'écho dans le cœur de la cruelle !

L'amant devenait sombre, mangeait à peine. Les pupilles de ses yeux étaient extra-ordinairement dilatées ; à son regard, on voyait combien il souffrait. Il miaulait d'une façon désespérée par intervalle, frottait sa robe contre les meubles, cherchant à éteindre le feu intérieur qui le dévorait. La chatte ne semblait pas avoir conscience de ce martyre.

Tout à coup j'entendis un cri lamentable, suivi de *fffff!* énergiques. Sur le parquet de la pièce voisine se roulait la chatte en proie à une sorte d'attaque névralgique. De son dos elle eût usé le plancher, tant elle frottait ses flancs avec acharnement.

Debout non loin d'elle, gravement le chat contemplait ces bizarres convulsions, lui plein de calme, se demandant qui poussait la chatte à se lécher les pattes, à se rouler de nouveau, à se lécher encore.

Marie C.-y d'après Burbanck.

Imp. Cadart, r. Luce.

J.Rothschild, Editeur

LE DÉJEUNER.

Quelques instants après, l'amoureux, croyant le calme revenu dans l'esprit de sa belle, s'en approcha et en reçut deux souf- flets vivement appliqués sur le museau, ce qui ne parut pas l'inquiéter démesurément, car cinq minutes plus tard ses galanteries recommencèrent.

Qu'ils sont curieux les prodromes de l'a- mour ! D'abord le chat mord le cou de la chatte. L'immobilité est égale au silence. Puis l'animal pétrit de ses pattes le corps de la femelle, jusqu'à ce qu'un long cri retentisse.

Une semblable lutte se renouvela souvent le premier jour et sans trêve pendant les trois journées suivantes, la chatte jurant fortement après chaque triomphe de son vainqueur et administrant, sans y manquer, à la suite de la cérémonie., deux soufflets dont le matou riait dans sa barbe.

Toutefois, à partir du quatrième jour, le gaillard prit quelque repos. Allongé sur un fauteuil, il méditait sans doute sur ses bonnes fortunes ; mais la chatte ne l'entendait pas ainsi. Ayant appris de son seigneur et maître

17

le secret de l'ensorcellement amoureux, à son tour elle mordit le cou du chat, piétina son corps, malgré ses grondements, et ne cessa ce manége qu'elle n'eût entraîné le mâle dans quelque coin.

C'est en pareille matière qu'il faudrait pouvoir traduire la langue *chat*. Entre la grande variété de *miaou* (on peut en compter soixante-trois, mais la notation est difficile), j'en citerai un particulièrement expressif et accompagné d'un geste si précis, qu'il ne peut être traduit que par : *viens-tu ?* Alors d'un commun accord les chats vont dans une pièce voisine se prodiguer mille serments.

Il est à remarquer que l'amour chez les animaux enfermés dans des appartements commence au jour pour se terminer à la nuit, et qu'au contraire, en plein air, il commence à la nuit pour se terminer au petit jour.

À l'extérieur, le matou, ne trouvant pas toujours d'obligeantes voisines, publie sa flamme par de tels cris que toutes les chattes l'entendent à une portée de fusil.

La rencontre se passant entre futurs qui se

Rendez-vous de chats,
d'après une composition d'Édouard Manet.

voient pour la première fois offre un céré-
monial particulier.

Soit contrainte ou timidité, chat et chatte
restent d'abord à une certaine distance l'un
de l'autre. Ils épient leurs moindres gestes
et se regardent dans le vert des yeux. Sans
s'inquiéter si leur musique est d'accord (ce
qui choque tant les gens au sommeil léger),
ils entament un farouche duo, qui dure des
heures entières. Ne s'étant jamais vus, ils
ont beaucoup à se dire. Le chat se sert de
paroles brûlantes ; la chatte, dans son langage, fait connaître ce qu'elle attend du sou-
pirant.

Tous deux lentement rampent contre terre
et se rapprochent l'un de l'autre ; mais à peine
le matou est-il près de la chatte, que celle-ci
prend la fuite avec des tours et détours, des
sauts périlleux, des jeux de cache-cache dont
sont témoins cheminées et gouttières. Cette
course a excité les amoureux ; ils s'arrêtent
de nouveau, entre-croisent d'ardentes prunelles, jusqu'à ce que la chatte s'élance sur
le mâle, l'égratigne et le morde.

Elle est plus violente. qu'à l'intérieur, la passion en plein air. La férocité se mêle aux transports de l'amour. Une extrême jalousie entraîne les matous dans des combats sans trève ni merci. Le chat qui « a couru » revient au logis le nez griffé, l'oreille déchirée. Pendant ses excursions, il n'a vécu que d'amour et d'eau fraîche. Et pourtant son corps meurtri, son poil sale, sa maigreur, ses oreilles fendues, ne le retiendront pas longtemps tranquille au logis.

Trois mois plus tard, au moindre appel féminin, il n'aura de cesse qu'il n'ait repris ses travaux d'Hercule.

CHAPITRE XXXIII.

AFFECTIONS NERVEUSES DES CHATS.

Un polygraphe un peu confus dans ses idées, Pierquin de Gembloux, a laissé un *Traité de la folie des animaux*, où sont relatés quelques phénomènes nerveux des chats.

De l'ensemble des faits, il en est peu de concluants; d'autres auraient besoin de contrôle, toute observation scientifique ne pouvant être regardée comme sérieuse qu'apportée par des esprits d'une sincérité et d'une certitude de regard irréprochables.

Que conclure, par exemple, d'une telle affirmation:

«J'ai eu plusieurs fois, dit Pierquin de

Gembloux, l'occasion d'observer les résultats d'une antipathie musicale, poussée jusqu'aux convulsions, chez un chat, toutes les fois que l'on faisait entendre sur le piano des sons d'harmonica ou des sons filés, doux et vibrés avec la voix, tandis qu'un autre chat, son commensal, se plaçait sur le piano pour mieux entendre les plus beaux morceaux des opéras français et pour jouir des vibrations du corps sonore. »

Sans doute, le système nerveux chez les chats est d'une extrême délicatesse, quoique l'animal puisse supporter le son d'un instrument de musique ; mais pourquoi l'observateur néglige-t-il de marquer si, parmi les deux animaux d'organisation musicale si diverse dont il parle, il n'y avait pas une chatte? Les deux sexes doivent offrir des variantes dans la sensibilité?

Au chapitre de la *Monomanie infanticide*, Pierquin de Gembloux cite divers exemples de chattes qui, se voyant délaissées par leurs maîtres épris des gentillesses de leurs petits, montrèrent de la jalousie, de la

haine pour ces nouveau-nés et les mirent à
mort.

« Une chatte d'Espagne, dit-il, a, durant
toute sa vie, témoigné la plus profonde horreur
pour ses petits, qu'elle tuait ; et si par hasard
un était épargné par chaque plénitude, c'était
constamment un mâle. »

Observations qui auraient besoin d'être af-
firmées par un naturaliste plus sérieux.

Il est certain que les chats sont jaloux :
l'introduction d'un animal de leur race dans
le centre où ils vivent les remplit de tristesse. Ils en perdent momentanément l'appétit ; mais cette jalousie va-t-elle jusqu'à faire
étrangler leurs petits par les femelles ?

Quelquefois les matous mangent les nouveau-nés ; ce fait est connu de tous ceux
qui possèdent des chats. Le crime de monomanie infanticide, dont sont accusées les
chattes, ne devrait-il pas être porté au compte
des mâles ? Aussi bien le motif est encore ignoré
qui pousse les matous à la destruction de leur
propre espèce.

Dupont de Nemours croit que les matous

mangent les nouveau-nés « moins comme une
proie que comme un obstacle au renouvellement de leurs plaisirs. »

J'ai dit au début de ce livre que cette opinion, quoique concordant avec celle d'Hérodote, est difficile à admettre.

Les matous, à qui rien ne manque dans
l'intérieur des maisons, mangent rarement
leurs nouveau-nés.

Des nichées de chats disparaissent, il est
vrai, à la campagne, dans des endroits écar-
tés, où l'animal affamé devient fatalement, si
on peut risquer le mot, féliphage.

Quant à « l'obstacle au renouvellement des
plaisirs, » dont parle Dupont de Nemours, les
époques d'ardeur chez les matous sont régu-
lières, et je ne les ai jamais vus faire la cour
aux chattes pendant la période d'allaitement.

Il est bien entendu que je ne parle que des
chats à l'intérieur des appartements, c'est-à-
dire d'animaux rendus doux et sociables par
l'éducation.

Une autre observation de Pierquin de
Gembloux semble plus juste. Un angora voit

entrer tout à coup un gros chien de Terre-
Neuve. Aussitôt les poils du chat se hérissent ;
il ne pousse aucun cri, se pelote, paraît craindre
de respirer. Sa physionomie exprime une profonde terreur. Tremblant de tout son corps,
les yeux constamment attachés sur le chien,
l'angora semble fasciné. Insensible aux caresses, sourd à la voix de ses maîtres, il ne
retrouve même pas le calme quand l'ennemi
est chassé. Le chat, longtemps immobile, regarde fixement la place où se tenait le chien.
Un air d'hébétude générale remplace son intelligence habituelle. Les poils encore hérissés,
il ne s'éloigne de sa place que pas à pas et
graduellement. Reculant une patte lentement
l'une après l'autre, après avoir regardé autour
de lui d'un air anxieux, le chat semble craindre
que le plus léger bruit ne ramène l'énorme
animal.

« Sa terreur, ajoute Pierquin, ne cessa réellement que quelques heures après ; mais le
chat ne retrouva jamais ses facultés intellec-
tuelles entières. »

Les voyageurs ont constaté de semblables

effets de terreur produits par le lion sur des
chiens, par le chameau sur des chèvres. Mais
ce ne sont pas là des cas de folie.

Un médecin cite un fait de même nature,
produit par d'autres causes. Un jeune chat,
étant tombé dans un puits, réussit à se cram-
ponner à une pierre formant saillie. Attirés
par les cris de l'animal, ses maîtres purent le
soustraire à la mort; mais ce danger avait
frappé l'intelligence du chat, et dès lors il
acheva tristement ses jours dans une sorte
d'imbécillité.

Ces faits sont vraisemblables; il en est certains qu'on peut laisser au compte de Pierquin de Gembloux, entre autres le suivant :

« Une jeune chatte, qui s'amusait constamment à faire vaciller la tête mobile d'un lapin
blanc en plâtre, mit bas, peu de temps après,
un chat exactement coloré comme cet animal
imité, et qui, par la suite, branla la tête
comme l'automate. »

J'ai été témoin deux fois, à la campagne,
de crises nerveuses de jeunes chats, qui me

Étude de chat d'après nature.

Fac-simile d'un dessin d'Eugène Delacroix.

paraissent rentrer, plus que ces phénomènes d'*envies* bizarres, dans une sorte d'hallucination particulière.

Tout à coup, sans motif apparent, le chat parcourut la chambre avec l'emportement d'un cheval qui a pris le mors aux dents, traversa le jardin comme une flèche, grimpa à un arbre, s'aventura sur une brindille élevée, et là, resta collé pendant des heures entières, le corps tressaillant, l'œil hagard.

On appelait l'animal sans qu'il écoutât ; la nourriture qu'on déposait au pied de l'arbre ne le tentait pas. Il était dans une prostration absolue et tellement hors d'état de raisonner, que, sous le coup de cet accès bizarre, le chat se laissa choir du haut de l'arbre, la brindille sur laquelle il s'était aventuré offrant à peine un appui pour un oiseau.

Ce trouble mental fut observé, à diverses époques, chez deux individus de sexe différent, âgés d'à peu près six mois, bien portants, qui pouvaient s'ébattre en toute liberté dans un parc, et que leur jeune âge éloignait des penchants sexuels.

Rien à opposer à ces crises , rien qui pût les prévenir, nul symptôme ne les annonçant.

Le chat qui se sent devenir *possédé* cherche un endroit désert ou élevé, une cave, un arbre, où personne ne troublera ses étranges émotions.

Je n'ai pas remarqué ce phénomène à l'intérieur des appartements, sauf quelques courses un peu vives de l'animal vers le milieu de la journée, principalement en automne lorsqu'au dehors souffle la bise.

CHAPITRE XXXIV.

DE L'ÉGOÏSME DES CHATS.

Au moment de terminer ces études, je tombe sur un passage de Plutarque qui donne à réfléchir.

L'historien conte que César, voyant à Rome de riches étrangers qui allaient partout, portant dans leur giron de petits chiens et de petits singes, et les caressant avec tendresse, s'informa si dans le pays de ces voyageurs les femmes ne faisaient pas d'enfants. « C'était, dit Plutarque, une façon tout impériale de reprendre ceux qui dépensent, sur des bêtes, ce sentiment d'amour et d'affection que la nature a mis dans nos

18

cœurs, et dont les hommes doivent être l'objet. »

Que dirait aujourd'hui César des kings-charles adorés, à qui les femmes à la mode font prendre l'air du bois de Boulogne? Mais ces affections bizarres pour certains animaux de grand prix sont les passe-temps de gens désœuvrés; et tout en reconnaissant dans le passage de Plutarque la raison habituelle à l'auteur des *Vies des hommes illustres,* on peut dire que si l'homme a été assez étudié et glorifié depuis l'antiquité, l'attention qu'on porte aujourd'hui aux animaux méconnus et trop maltraités prouve en faveur des idées d'humanité du dix-neuvième siècle.

Des mauvais traitements les tribunaux font aujourd'hui justice. L'étude des sciences naturelles donne des notions plus exactes sur la nature des animaux, et je ne crois pouvoir mieux terminer qu'en traitant du prétendu égoïsme des chats.

« Ne croyez pas que le chat vous caresse, il se caresse, » dit spirituellement Chamfort.

Ce joli mot pourrait se retourner contre l'homme.

Quand le chat a faim et que, pour solliciter sa pâture, il *ronronne* en frottant son corps contre les jambes de la personne qui a l'habitude de lui donner à manger, il est certain que ces vives démonstrations sont destinées à l'être dont il a besoin. Si, dans ce moment, il se caresse par la même occasion, des marques d'affection n'en sont pas moins prodiguées à son maître.

Le chat est *naturel*, c'est ce qui le fait calomnier. Jouant naturellement dans le monde sa partie, quand il a faim, il le dit. Veut-il dormir? Il s'étend. S'il a besoin de sortir, il le demande.

Pourquoi cette constante ingratitude, reprochée sans cesse au chat, ne lui a-t-elle pas aliéné le cœur de pauvres gens qui ont reporté toutes leurs affections sur la tête d'un animal si égoïste? Car le culte du chat, pour n'être plus une religion, n'a pas été interrompu depuis l'Égypte ancienne; actuellement on ne l'enveloppe plus de bandelettes après sa mort, mais il est entouré pendant sa vie de soins qu'il préfère, à coup sûr, à l'embaumement.

Dans les palais et les mansardes, le chat est traité sur un pied d'égalité par le riche et le pauvre.

Ce n'est pas « un serviteur infidèle, » comme Buffon l'a écrit : l'animal travaille suivant sa nature.

Voilà dans la cour un chat tapi près d'un tuyau de plomb qui sort d'une maison. On peut appeler l'animal, il est à son poste et ne lèvera pas la tête. Accroupi sur le pavé, de temps en temps il fourre sa patte dans le tuyau et l'en retire avec des signes de vif désappointement.

Le chat a vu un rat disparaître par ce tuyau. De lui-même il s'est condamné à guetter pendant des heures entières le rat qui finira par succomber.

Ainsi, un animal qualifié d'égoïste aura *rendu service* ce jour-là.

Pour débarrasser un appartement de souris; il ne demande rien, se contentant de manger

les ennemis du logis. Si la maison est pri-
vée de souris, la présence seule du chat les
empêche de s'y introduire; même par son ap-
parente fainéantise, l'animal est une sentinelle
vigilante qui, du moment où il a planté sa tente
dans un endroit, en écarte les rongeurs.

Faut-il accuser le matou qui a subi l'opération des chapons, de son indolence pendant
que les souris commettent des dégâts à sa
barbe? Il est désarmé. Ce n'est pas lui qui a
sollicité l'inhumaine castration qui l'empêche à
jamais d'obéir aux instincts de sa race.

L'homme a voulu la société du chat.

Le chat n'a pas recherché la société de
l'homme.

Laissez l'animal courir en paix dans les
bois ou les jardins, il se moquera de la desserte et ne viendra pas s'étendre sur les tapis
des salons. Le chat saura suffire à ses besoins,
trouvera sa nourriture, couchera dans un
arbre: huit jours de liberté lui rendront son
indépendance naturelle.

L'homme, pour faire oublier ses vices, aime
à faire croire à ceux des êtres qui l'entourent.

— Le chat est la personnification de l'é-
goïsme, répètent sentencieusement de graves
messieurs à qui je ne voudrais pas demander
le plus léger service.

APPENDICES

I.

LE CHAT CHEZ LES HÉBREUX ET DANS L'ANTIQUITÉ.

 Il n'est pas question de chat domestique dans la Bible, et si le prophète, au nombre des animaux qui viendront crier la nuit dans les ruines de Babylone, évoque les *Tsym*[1], que certains commentateurs ont pris pour des chats, il est présumable qu'il s'agit des chacals.

Itobades, imité par Pilpai, dans les fables indiennes, appelle le chat « mangeur de souris. » Pilpai copie Itobades, Ésope copie Pilpai, Phèdre copie Ésope, et c'est ainsi qu'à travers les siècles se présente l'animal à La Fontaine, qui admet la caractéristique perfide du félin, telle que l'ont donnée les fabulistes ses aïeux.

M. Dureau de Lamalle croit que dans le *Combat des grenouilles* attribué à Homère, le poëte parle du chat domestique qu'il appelle

---

[1] Le chat est appelé *Tsy* en hébreu, au pluriel *Tsyim*, d'après Bochart.

galé. Il est plus certain que le mot *ailuros*, employé par Hérodote et Aristote, s'applique au chat domestique.

Diodore de Sicile, à propos des conquêtes d'Agatoche de Numidie, dit qu'il fit passer son armée à travers des montagnes élevées, habitées par un si grand nombre de chats, qu'aucun oiseau n'y fait son nid. Élien prouve également que l'*ailuros* des Grecs est notre chat domestique, en faisant figurer cet animal au nombre de ceux que l'on peut apprivoiser par la nourriture et des caresses; il ajoute (sans doute Élien avait en vue les chats sauvages) que les singes, pour leur échapper, se réfugient à l'extrémité des branches.

L'*ailuros* des Grecs devint *felis* chez les Latins. Pline s'en est occupé particulièrement, et un écrivain de la décadence, Palladius, dans son ouvrage sur l'agriculture, parle du *Cattus* ou *Catus* comme d'un animal utile dans les greniers pour détruire les souris.

« Il semblerait donc, dit M. de Blainville, que c'est vers cette époque que le chat est devenu domestique, puisqu'il paraît certain qu'il ne l'était pas si anciennement chez les Grecs, ni même chez les Romains, quoiqu'il le fût chez les Égyptiens. »

En effet, le naturaliste français, qui, dans son *Ostéographie* a cherché la confirmation par les monuments anciens de la domestication des animaux, ne trouve de représentations du chat ni en Grèce ni à Rome.

M. de Blainville parle d'un chat momifié dont le squelette fut dépouillé de ses bandedelettes pour les collections du Muséum. « M. E. Geoffroy, dit-il, a reconnu, ainsi que M. G. Cuvier, un animal ne différant en aucune manière de notre chat domestique en Europe, *ce qui n'est pas exactement vrai.* Depuis lors, M. Ehrenberg, qui a eu également l'occasion de voir ces momies de chats, a assuré qu'elles provenaient d'une espèce encore actuellement sauvage et également domestique en Abyssinie. »

Diverses autres momies de chats amènent M. de Blainville à conclure que les Égyptiens avaient plusieurs espèces de chats : « On peut donc assurer que les anciens Égyptiens possédaient trois espèces ou variétés de chats que les modernes connaissent encore aujourd'hui, *en Afrique*, à l'état sauvage aussi bien qu'à l'état domestique. »

Le chat n'était pas un animal domestique chez les peuples scytho-celtiques, car dans les tumulus fouillés en Europe et dans l'Asie boréale, où sont amassés de nombreux ossements de bœufs, de cerfs, de moutons, de cochons et de chiens, M. de Blainville n'en a trouvé aucun se rapportant au chat.

II.

RECHERCHES SUR LA DOMESTICATION DES CHATS ET L'ANCIENNETÉ DE LEUR RACE, PAR DARWIN.

Dans son livre de l'*Origine des espèces*, Darwin s'était déjà occupé des chats. On lui doit cette observation, que les chats qui ont les yeux bleus sont presque toujours sourds. Il a fait remarquer encore que les chats ont l'oreille droite, parce qu'étant perpétuellement aux aguets, les muscles de l'oreille sont, dès le plus bas âge, sans cesse en exercice, tandis que les animaux domestiques apathiques ont les oreilles lâches et pendantes.

Dans un nouvel ouvrage *De la variation des animaux et des plantes sous l'action de la domestication*[1], le naturaliste est revenu avec plus de détails sur les chats. J'emprunte à ce livre quelques recherches historiques et quelques observations :

« Le chat a été domestiqué déjà fort anciennement en Orient ; M. Blyth m'apprend qu'il en est fait mention dans un écrit sanscrit datant de deux mille ans...

[1] Traduit par J.-J. Moulinié, t. Ier, in-8°, Paris, Reinwald, 1868.

« ...Les chats sans queue de l'île de Man diffèrent du chat commun non-seulement par l'absence de queue, mais par la longueur de leurs membres postérieurs, la grandeur de leur tête et par leurs mœurs...

« Desmarets a décrit un chat du cap de Bonne-Espérance, remarquable par une bande rouge sur le dos...

« Nous avons vu que les contrées éloignées possèdent des races distinctes de chats domestiques. Les différences peuvent être dues en partie à leur descendance d'espèces primitives différentes, ou du moins à des croisements avec elles. Dans quelques cas, comme au Paraguay, Mombas, Antigua, les différences paraissent dues à l'action directe des conditions extérieures. On peut dans quelques autres attribuer quelque effet à la sélection naturelle, les chats ayant, dans certaines circonstances, à pourvoir à leur existence et à échapper à divers dangers ; mais, vu la difficulté qu'il y a à appareiller les chats, l'homme n'a rien pu faire par une sélection méthodique, et probablement bien peu par sélection inintentionnelle, quoiqu'il cherche généralement, dans chaque portée, à conserver les plus jolis individus, et estime surtout une portée de bons chasseurs de souris. Les chats qui ont le défaut de rôder à la poursuite du gibier sont souvent tués par les piéges. Ces animaux étant

particulièrement choyés, une race de chats
qui aurait été aux autres ce que le bichon est
aux chiens plus grands, eût été probablement
d'une grande valeur; et chaque pays civilisé
en aurait certainement créé quelques-unes,
si la sélection eût pu être mise en jeu; car
ce n'est pas la variabilité qui fait défaut dans
l'espèce.

« Dans nos pays, nous voyons une assez
grande variété dans la taille, les proportions
du corps, et considérable dans la coloration
des chats... La queue varie beaucoup de longueur; j'ai vu un chat qui, lorsqu'il était content, portait la queue rabattue à plat sur le
dos...

« Les conditions extérieures du Paraguay ne
paraissent pas être très-favorables au chat;
car, quoique à moitié sauvage, il ne l'est pas
devenu complétement, comme tant d'autres
animaux européens. Dans une autre partie de
l'Amérique du Sud, d'après Roulin, le chat a
perdu l'habitude de hurler la nuit. Le Rév.
W. D. Fox a acheté à Portsmouth un chat
qu'on lui dit provenir de la côte de Guinée;
la peau en était noire et ridée, la fourrure
d'un gris bleuâtre et courte, les oreilles un peu
nues, les jambes longues, et l'aspect général
singulier. Ce chat nègre a produit avec le chat
ordinaire.

« ... Une race en Chine a les oreilles pendantes. Il y a, d'après Gmelin, à Tobolsk, une race rouge. En Asie, nous trouvons aussi la race angora ou persane.

« Le chat domestique est revenu à l'état sauvage dans plusieurs pays, et partout, autant qu'on en peut juger d'après de courtes descriptions, il a repris un caractère uniforme. A la Plata, près Maldonado, j'en ai tué un qui paraissait tout à fait sauvage ; M. Waterhouse, après un examen attentif, ne lui trouva de remarquable que sa grande taille. Dans la Nouvelle-Zélande, d'après Dieffenbach, les chats redevenus sauvages prennent une couleur grise panachée comme les chats sauvages proprement dits : ce qui est aussi le cas des chats demi-sauvages des Highlands de l'Écosse. »

III.

ÉTYMOLOGIE DU MOT CHAT.

Étym. Wallon, *chet ;* bourguignon, *chai ;* picard, *ca, co ;* provenç., *cat ;* catal., *gat ;* espagn. et portug., *gato ;* ital., *gatto ;* du latin *catus* ou *cattus,* qui ne se trouve que dans des auteurs relativement récents, Palladius, Isidore, et qui était un mot du vulgaire. Il appartient au celtique et à l'allemand : vil., *cat :* kymri, *kâth;* angl.-sax., *cat;* ancien scandin., *köttr;* allem. mod., *katze.* D'après Isidore, *cattus* vient de *cattare,* voir, et cet animal est dit ainsi parce qu'il voit, guette ; *catar,* regarder, est dans le provençal et dans l'ancien français *chaier* (*Ronciso.,* p. 97). Mais on ne sait à quoi se rattachent ni *cattus* ni *catar;* la tardive apparition qu'ils font dans le latin porte à croire qu'ils sont d'origine celtico-germanique. Il y a dans l'arabe *gittoun,* chat mâle ; mais Freitag doute que ce mot appartienne à l'arabe. (Littré, *Dictionnaire.*)

IV.

CHATS SAUVAGES.

On essaya à diverses reprises, au Jardin-des-Plantes, d'acclimater des chats sauvages du Népaul, du Cap et de Java ; mais la privation de leur liberté, les soins dont on les entourait eurent pour unique résultat de leur enlever une partie du caractère de sauvagerie que les naturalistes désiraient observer.

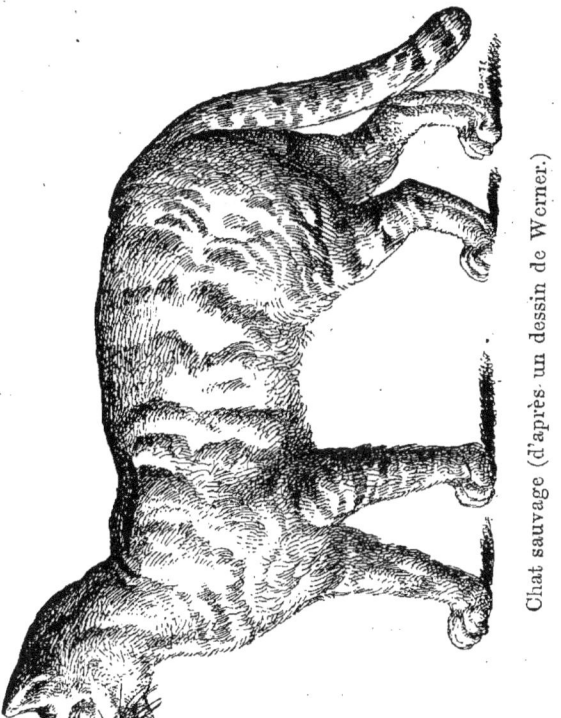

Chat sauvage (d'après un dessin de Werner.)

Frédéric Cuvier ne cite guère que le chat
noir du Cap, qu'il put étudier momentanément :

« Ce chat, dit-il, avait les yeux et le naturel
d'un chat domestique. Il avait été apprivoisé
et abandonné à lui-même sur le bâtiment qui
le ramenait en Europe ; comme le chat domestique, il faisait la guerre aux rats et eut
d'autant plus de succès qu'il était grand et
fort.

« A son arrivée à la ménagerie, on le tint
d'abord renfermé ; mais bientôt on put lui
rendre sa liberté. Sauf la répugnance qu'il
avait à se laisser prendre et même toucher,
on aurait pu le croire un chat domestique : il
resta attaché aux lieux où on le nourrissait ;
mais tous les autres chats mâles en furent ex-
clus.

« Il n'en souffrit même aucun dans un cercle
assez étendu hors de sa demeure, et j'ai eu
tout lieu de croire que les ennemis que par là
il s'était faits, ne furent pas étrangers à sa
mort.

« Quoique jeune, il ne vécut guère chez
nous qu'un an. »

(F. Cuvier, *Histoire naturelle des mam-
mifères*. — Paris, 1824.)

V.

LA MUSIQUE DES CHATS

Est un caprice de Teniers, au-dessous duquel les éditeurs de gravures du dernier siècle ont ajouté les vers suivants :

Ces Chasseurs de la Griffe, assouuis de leur proye,
Qui de leurs hurlemens font des Chansons de joye,
Jusques au lendemain gardent le rat qui fuit.
Quand on est au logis, ils sont sur les Goutières.
Le Hibou de ses yeux leur donnant des lumières,
Les ayde à concerter leur Musique de nuit.

Une demi-douzaine de chats grimpés sur une table déchiffrent les notes d'un cahier de musique, sur lequel est posé un hibou mystérieux, qui semble le chef d'orchestre. Par une fenêtre donnant dans cette salle de concert passe la tête d'un matou curieux, appelé par les miaulements de ses confrères. Des théorbes, des guitares, des musettes sont placées au premier plan près de la table, et au coin opposé deux singes fantastiquement habillés accompagnent les miaous au son de la flûte.

Cette estampe, de grande dimension, ne vaut pourtant pas la composition ingénieuse de Breughel. Le tableau de Teniers est peut-être d'une meilleure coloration ; mais les

singes semblent la principale préoccupation du
maître flamand qui, comptant sur leurs gri-
maces pour égayer ses sujets, les introduit
dans ses toiles aux dépens des chats.

La gravure a reproduit également un intérieur de barbier-chirurgien dans lequel Teniers
fait faire la barbe à des chats par des singes.

VI.

LES CHATS ET LA RELIGION.

Ils sont rares les rapports des chats et de
l'Église; cependant un ami me communique
deux faits particuliers, l'un qui pourrait se
rattacher à la Légende dorée, l'autre aux anciennes pratiques de sorcellerie.

L'abbé Lebœuf, à la fin d'une dissertation
insérée au *Mercure de France,* de mars 1728,
dit ceci :

« L'extrait que plusieurs journaux ont donné
du livre intitulé *Les Chats* (de Moncrif), m'a
aussi rappelé une particularité qui pourrait
trouver place dans ce livre, et qui ne convient
guère ailleurs. C'est Jean, diacre de Rome,
qui nous fait remarquer, dans la Vie qu'il a

écrite de saint Grégoire, pape, premier du nom, qu'il y eut un solitaire de si grande vertu du temps de ce saint pontife, que Dieu lui révéla qu'il jouirait du même degré de béatitude que ce saint pape.

« Or le solitaire ne possédait rien au monde qu'une chatte. *Vir magnæ virtutis, qui nihil in mundo possidebat præter unam cattam, quam blanditiis crebro quasi cohabitatricem in suis gremiis refovebat*[1]. La grande pauvreté de cet ermite l'empêchait de comprendre comment il pourrait n'être récompensé qu'à l'égal de saint Grégoire, qui possédait des biens immenses.

« Une seconde révélation lui apprit qu'il n'était pas si pauvre ni si détaché qu'il le pensait, puisqu'il avait pour sa chatte plus d'attachement que saint Grégoire n'en avait à tous les grands biens dont il jouissait. *Cur audes paupertatem tuam Gregorii divitiis comparare, qui magis illam cattam quam habes quotidie palpando, nullique conferendo diligere comprobas quam ille qui tantas divitias non amando sed contemnendo cunctisque liberaliter largiendo dispergit*[2] *?* Ce trait historique

---

[1] Homme de grande vertu, qui ne possédait rien dans le monde qu'une chatte, laquelle il réchauffait de caresses fréquemment dans ses bras et sur son sein comme sa compagne du logis.

[2] Pourquoi oses-tu comparer ta pauvreté aux richesses de Grégoire, toi qui, en caressant ta chatte comme tu le

peut servir en même temps d'apologie et de
leçon à ceux et celles qui aiment les chats.
J'aurais voulu que M. de Moncrif ne l'eût
pas oublié.,»

L'autre fait est moins touchant :

Le continuateur de Nangis rapporte qu'en
1323 la découverte d'un chat noir enterré,
dont on entendit les cris de détresse, fut cause
d'un grave scandale. En compagnie de quelques-uns de ses chanoines, un abbé de Ci-
teaux avait enfermé le chat dans une cassette, avec des vivres pour trois jours. Cette
cassette fut enterrée avec l'animal pour le
préparer à une opération magique ; mais le
chat ne se prêta pas à ce système cellulaire
souterrain, et il poussa de tels cris que les
bourgeois de Château-Landon fouillèrent le
sol, découvrirent la cassette, firent une en-
quête et trouvèrent que les religieux étaient
coupables de maléfices. Ce procès, qui provoqua
le bannissement de deux religieux et la con-
damnation de deux autres de leurs confrères
au bûcher, fit assez de bruit à l'époque pour
être consigné dans la Chronique de Saint-
Denis.

fais tous les jours, prouves bien, par l'amour que tu lui
portes, que tu la mets au-dessus de tout, tandis que lui
ne fait que répandre prodigalement et généreusement sur
tous des richesses que non-seulement il n'aime pas, mais
qu'il méprise?

VII.

LOUIS XIII ET LES CHATS.

On trouve dans le *Journal du médecin Héroard*, qui contient de si intéressants détails sur Henri IV et Louis XIII, la note suivante :

« *Le 16, mercredi, à Paris.* — [Le Dauphin] Mené à cinq heures au Pré-aux-Clercs pour y courir un chat à force de cheval. »

Le manque de détails à ce propos fait conjecturer que d'un certain endroit on lâchait un chat, qui, entendant le galop d'un cheval, fuyait dans une course désespérée. Ainsi, sans doute, exerçait-on le Dauphin à la chasse. Le journal du médecin mentionne encore, touchant les chats, un fait plus intéressant : Héroard écrit à la date du 24 juin 1604 :

« *Le 24, jeudi, à Saint-Germain.* — [Le Dauphin] Mené au Roi, qui le mène à la Reine ; il obtient grâce pour des chats que l'on voulait mettre au bûcher de la Saint-Jean. »

Elle est touchante la sollicitude d'un si jeune enfant (le Dauphin n'avait que trois ans), pour des animaux que le peuple brûlait. On pourrait même la révoquer en doute

et la mettre sur le compte des mots que les
courtisans prêtent habituellement aux princes;
mais ces bons sentiments, inculqués dès la
plus tendre jeunesse à Louis XIII, se re-
trouvent à diverses reprises dans le *Journal de Héroard*, qui, heureux de les constater, écrit en marge de son journal : « humain[1]. »

VIII.

LE PEINTRE JAPONAIS FO-KOU-SAY.

La plupart des vignettes japonaises repro-
duites dans ce volume sont tirées des cahiers
de croquis d'un artiste merveilleux, qui mourut, il y a environ cinquante ans, au Japon,
laissant une grande quantité d'albums, dont
la principale série, composée de quatorze cahiers, excita, lors de son introduction à Paris, une noble émulation parmi les artistes.

Ce peintre, appelé Fo-Kou-Say, et qui est
plus populaire en France sous le nom de
Hok'sai, on ne saurait mieux en faire comprendre le mérite, qu'en l'assimilant à Goya.

---

[1] *Journal de Héroard*, médecin de Louis XIII, publié par
MM. Ed. Soulié et de Barthélemy, 2 vol. in-8°. Didot, 1869.

Il en a le caprice, la fantaisie; même sa manière de graver offre parfois une analogie très-
marquée avec celle de l'auteur des *Caprices*.

Hok'sai a plus fait pour nous rendre facile
la connaissance du Japon que les voyageurs
et que les professeurs de japonais. Grâce à
l'art répandu à profusion dans ses cahiers,

Fac-simile d'un dessin d'Hok'sai.

on peut se rendre compte de la civilisation
et de l'intelligence d'un peuple qui, loin
de s'endormir dans la tradition du passé,
comme le Chinois, marche résolûment à la
conquête des découvertes industrielles européennes.

Ce n'est pas le moment de rendre sensibles
ces généralités; mais telle est la puissance de
l'art, qu'un simple cahier de croquis ouvre
des horizons qu'il est difficile de ne pas
signaler.

Hok'sai fut un artiste profondément original. Il trouva dans sa nature, dans les institutions de son pays, dans les mœurs et cou-

tumes des habitants, dans la popularité que ses
dessins obtinrent, matière à exercer son génie,
et plus qu'un autre, sans doute en raison
des études actuelles, j'ai été frappé de ce
génie.

IX.

LES CHATS DES DOGES.

Une femme distinguée, qui parle des chats
en poëte, Mme la marquise de B..., née
d'E.....hl, me signale les « merveilleux chats
oranges de Venise, à humeur mélodieuse et
accalmie comme les eaux de la lagune. »

Dans une salle du palais Doria, la voya-
geuse découvrit le portrait d'un grand chat
moucheté à pattes de tigre, posé en face
d'André Doria, ce héros de 86 ans dont la vie
« se fait déserte comme les choses vieilles ! »
Combien Mme de B.... eût été heureuse d'em-
porter un dessin de cette antique peinture !
Mais la description qu'elle veut bien m'en
donner vaut une reproduction gravée !

« Gravement assis sur la table en face de
son maître, le noble animal le contemple avec
une indicible expression de tendresse attristée,

que l'on est comme forcé de traduire par ces
mots : « Voilà donc ce que tu es devenu, mon
pauvre héros!... Hélas! de tant de courtisans
empressés il ne te reste que moi!... Mais,
moi, je t'aime! »

De tels souvenirs, Chateaubriand eût été
fier de les recueillir sur place et de donner
également une éloquente description d'un
autre chat, celui du grand Morosini, qui
semble, m'écrit Mme de B..., avoir été son
seul amour après celui de la gloire de la
patrie.

Aussi le squelette du chat favori du doge
fut-il gardé comme une relique avec son livre
d'heures et le beau fouet dans le manche duquel un pistolet est caché.

X.

LES CHATS DE LA FONTAINE.

Divers poëtes m'ont écrit, désirant plus
de développements sur le rôle des chats en
littérature. Leur programme eût été de ré-
colter chez les poëtes et les prosateurs, les
anciens et les modernes, tous les passages à
la gloire du chat, tous les hommages qu'on

lui a rendus, en prose et en vers, tous les fragments de poëmes et de romans où il joue un rôle; on aurait conclu en tressant une couronne poétique et littéraire en l'honneur de la race féline.

M. Thalès Bernard s'étonne de son côté de ne pas trouver dans mon livre trace du poëme de Lope de Véga sur *La guerre des chats;* en outre, il m'entraînerait volontiers vers les anciennes *Sagas* du Nord, afin d'y retrouver trace de l'animal.

Chacun, il est vrai, plaide pour son saint :

« Remarquez combien La Fontaine a su le chat, m'écrit M. Feuillet de Conches, qui regrette l'omission de son héros parmi les amis de la race féline. Rominagrobis n'est point Rodilardus. La Fontaine a peint le chat comme il l'avait étudié, sous toutes ses faces et en maître. La Fontaine est l'Homère des chats... Et qu'était-ce donc que La Fontaine, sinon un vrai chat? Il aimait, je me plais à le croire, les maîtres de la maison; mais il aimait peut-être la maison davantage encore. Il s'y roulait volontiers au coin du feu pour s'y rouler de nouveau. Sa réponse à M. d'Hervart : «*J'y allais!*» est une réponse de chat. »

Il convient, en effet, de mentionner ici le précieux trésor que possède le curieux qui a rassemblé tant de monuments utiles pour l'histoire des lettres et des arts.

La duchesse de Bouillon, qui avait la passion des chats, demanda à son ami La Fontaine copie de toutes les fables dans lesquelles cet animal jouait un rôle. Le dossier fut retrouvé par M. Feuillet de Conches dans les papiers des de Bouillon, relégués aux combles du palais des Finances par le comte Roy, acquéreur des biens de cette famille.

Ces précieux autographes devaient être signalés; mais quant au rôle des chats en littérature, je l'indique discrètement à dessein, ne pouvant lutter avec d'autres ouvrages qui déjà en font mention.

XI.

GOTTFRIED MIND, LE RAPHAEL DES CHATS.

Mind, qui semblait voué par son nom à la peinture des chats, naquit en 1768, à Berne, d'un père d'origine hongroise. Il étudia le dessin chez le peintre Freudenberger, qui a laissé peu de traces dans l'histoire de l'art. « Un goût particulier, dit M. Depping[1], porta Mind

---

[1] *Biographie universelle.*

à dessiner des animaux, ou plutôt deux espèces d'animaux : les ours et les chats. Ces
derniers surtout étaient ses sujets favoris, il
se plaisait à les peindre à l'aquarelle dans
toutes les attitudes, seuls ou en groupe, avec
une vérité, un naturel, qui n'ont peut-être
jamais été surpassés. Ses tableaux étaient en
quelque sorte des portraits de chats; il nuan-
çait leur physionomie doucereuse et rusée;
il variait à l'infini les posès gracieuses des
petits chats jouant avec leur mère; il représentait de la manière la plus vraie le poil
soyeux de ces animaux; en un mot, les chats
peints par Mind semblaient vivre sur le papier. Mme Lebrun, qui ne manquait jamais,
dans ses voyages en Suisse, d'acheter quelques
dessins de ce peintre, l'appelait le *Raphaël
des chats*. Plusieurs souverains, en traversant
la Suisse, ont voulu avoir des chats de Mind;
les amateurs suisses et autres en conservent
précieusement dans leurs portefeuilles. Le
peintre et ses chats étaient inséparables. Pendant son travail, sa chatte favorite était presque toujours à côté de lui et il avait une
sorte d'entretien avec elle. Quelquefois cette
chatte occupait ses genoux; deux ou trois
petits chats étaient perchés sur ses épaules;
il restait dans cette attitude des heures entières sans bouger, de peur de déranger les
compagnons de sa solitude. Il n'avait pas la

Fac-simile d'un dessin de Mind.

même complaisance pour les hommes qui venaient le voir et il les recevait avec une mauvaise humeur très-marquée.

« Mind n'eut peut-être jamais de chagrin
plus profond que lors du massacre général
des chats, qui fut ordonné, en 1809, par la
police de Berne, à cause de la rage qui s'était
manifestée parmi ces animaux. Il sut y soustraire sa chère Minette en la cachant ; mais sa
douleur sur la mort de huit cents chats, im-
molés à la sûreté publique, fut inexprimable :
il ne s'en est jamais bien consolé...

« Il avait aussi beaucoup de plaisir à exa-
miner des tableaux ou des dessins qui repré-
sentaient des animaux. Malheur aux peintres
qui n'avaient pas rendu ses espèces favorites
avec assez de vérité ! Ils n'obtenaient aucune
grâce à ses yeux, quelque talent qu'ils eussent
d'ailleurs.

« Dans les soirées d'hiver, il trouvait encore
moyen de s'occuper de ses animaux chéris en
découpant des marrons en forme d'ours ou de
chats : ces jolies bagatelles, exécutées avec une
adresse étonnante, avaient un très-grand débit.

« Mind, petit de taille, avait une grosse
tête, des yeux très-enfoncés, un teint rouge
brun, une voix creuse et une sorte de râle-
ment ; ce qui, joint à une physionomie sombre, produisait un effet repoussant sur ceux
qui le voyaient pour la première fois.

« Il est mort à Berne, le 8 novembre 1814. On a parodié assez plaisamment pour lui les vers de Catulle sur la mort d'un moineau :

> Lugete, o feles, ursique lugete,
> Mortuus est vobis amicus ;

et un autre vers d'un ancien :

> Felibus atque ursis flebilis occidit.

XII.

LES CHATS EN CHINE.

L'abbé Lenoir rapporte que, loin de servir du chat pour du lapin, comme on en a l'habitude dans les gargotes parisiennes, les Chinois tiennent le chat pour un mets excellent ; chez leurs marchands de comestibles, des chats énormes sont suspendus avec leur tête et leur queue. Dans toutes les fermes, on trouve de ces animaux attachés à de petites chaînes, pour être engraissés avec des restes de riz ; ce sont de gros chats qui ressemblent à ceux de nos comptoirs et de nos salons. Le repos qu'on leur impose facilite et accélère leur engraissement.

Plus préoccupé de science linéaire que de

culinaire, je cherche surtout la représentation
de l'animal par les artistes chinois.

En Chine, le chat est figuré, surtout par la
statuaire céramique, en *blanc de Chine*, en
bleu turquoise, en *vieux violet*. M. Jacque-
mart cite, dans son *Histoire de la porcelaine*,
un chat « en vieux violet » qui fut vendu dix-
huit cents livres à la vente du mobilier de
Mme de Mazarin.

« Sur les porcelaines plus communes, on
voit, émaillés en couleurs variées, des chats
représentés assis sur le derrière, offrant quelque analogie avec les chats égyptiens. D'autres fois ces animaux sont figurés en rond, la
tête appuyée sur les pattes de devant ; alors ils
sont moins naturels ; leur tête est grimaçante,
à oreilles droites ; les yeux exagèrent le caractère félin de la prunelle, fendue verticale-
ment ; souvent même la fente est réelle et,
comme le dos porte une ouverture, il est permis de croire qu'on éclaire intérieurement la
tête, pour obtenir un effet plus saisissant. Bon
nombre de ces chats couchés sont des vases à
fleurs.

« Au Japon, l'on a fait quelques chats en
porcelaine commune, analogue à celle des
figures civiles. Ces chats sont grossièrement
tachetés en rouge et en noir ; mais les porcelaines fines représentant des intérieurs chinois répètent souvent la figure des animaux

domestiques. Le chien se voit presque toujours dans le jardin ; le chat, au contraire,
se faufile au plus intime de l'intérieur. Là, il
est près d'une dame à sa toilette ; ailleurs, les
enfants s'en amusent pendant que les dames
prennent le thé. Dans ces peintures, l'animal
est presque toujours blanc, à larges macules
brunes ou noires ; il paraît que c'est là l'espèce estimée. »

XIII.

LÉGENDES.

Chez les Grecs, le chat était consacré à la
chaste Diane. Les mythologues prétendent
que Diane avait créé le chat pour ridiculiser le
lion, créé par Apollon avec l'intention d'effrayer sa sœur. Les anciens auteurs de blasons
(je l'ai montré aux premiers chapitres de cet
ouvrage), s'emparant de cette légende, attri-
buèrent aux astres ce que les mythologues
portent au compte des dieux.

Damiréi, naturaliste arabe, qui composa,
au huitième siècle de l'hégire, une Histoire des
animaux, sous le titre de *Hauet-el-Haïa-
wana*, donne les motifs de la création du

chat : « Lorsque Noé fit entrer dans l'arche, content les Arabes, un couple de chaque bête, ses
compagnons, ainsi que les membres de sa famille lui dirent : « Quelle sécurité peut-il y
avoir pour nous et pour les animaux tant que
le lion habitera avec nous dans cet étroit bâtiment? » Le patriarche se mit en prières et
implora le Seigneur. Aussitôt la fièvre descen-
dit du ciel et s'empara du roi des animaux,
afin que la tranquillité d'esprit fût rendue aux
habitants de l'arche. Il n'y a pas d'autre expli-
cation pour l'origine de la fièvre en ce monde.
Mais il y avait dans le vaisseau un ennemi
non moins nuisible : c'était la souris. Les compagnons de Noé lui firent remarquer qu'il
leur serait impossible de conserver intacts
leurs effets et leurs provisions. Après une nouvelle prière adressée au Tout-Puissant par le
patriarche, le lion éternua et il sortit un chat
de ses naseaux. C'est depuis ce moment que
la souris est devenue si craintive qu'elle a
contracté l'habitude de se cacher dans les
trous. »

Les Russes ont une légende qui explique
l'antagonisme des chiens et des chats : « Lorsque le chien fut créé, il attendait encore sa
pelisse; la patience lui manquant, il suivit
le premier venu qui l'appela. Or ce passant
était le diable, qui fit de cet animal son
émissaire, et qui même en prend quelque-

Fac-simile d'une Image populaire de Moscou.

fois l'apparence. La fourrure destinée au chien
fut donnée au chat ; c'est peut-être ce qui explique l'antipathie des deux quadrupèdes,
dont le premier estime que l'autre lui a volé
son bien. »

On voit collée aux murs des cabanes de paysans russes une image imprimée à Moscou,
dont la coloration fait penser à celles de notre
école d'Épinal. La composition, quoique moderne, offre un caractère archaïque composé
d'éléments égyptiens et byzantins. Ce drame
de l'enterrement du chat par les rats tire son
origine d'une légende russe fort intéressante
dont je donne le texte exact pour bien faire
comprendre l'esprit de la langue.

НЕБЫЛИЦА ВЪ ЛИЦАХЪ.

Небылица въ лицахъ наидена встарыхъ
Светлицахъ завернута въ Черныхъ трепи-
цахъ жилъ былъ Котъ Заморской Ародомъ
задонской Катофевна Астраханка Ародомъ
Казанка вотъ какъ Мыши кота погребали
сваво недруга правожали ему честь аддавали
попразванью Котъ котафеичь Онъ часто
пилъ Ерафеичь невзначай онъ много выцилъ
ерошки и вздернулъ кверху ношки Кото-
февна такъ иахнула Слезами залиласъ Стала

думать игадать куда Котаѳеича девать ана
была нибогата но толька Слишкомъ тора-
вата посылала звать гостей изовсехъ волос-
тей полесамъ ипопалямъ поанбарамъ пок-
летямъ Скора мыши собрались изадело
принялись пошла Стрепня рукава стрехня
жарили варили Котаѳеича хвалили блины
допекали сваво недруга поминали Коту поги
пакрипка свезали и набольшыя дровци Под-
нимали Акотаѳевну зъ зади посадили Кота-
ѳевна горько плакала рыдыла и причоты при-
читала и захвостъ Котаѳеича держала такъ
мышы Кота поминали и срофеичь допивали.

XIV.

LE PEINTRE BURBANCK.

On rencontre parfois dans les musées de province et les collections particulières des œuvres
d'art déroutantes en ce qu'elles n'appartiennent
à aucune école connue. Personne ne sait à
quelle classe les attribuer, et c'est un désappointement de ne pouvoir les rattacher à des
choses d'un même groupe. Si l'œuvre est

signée, l'incertitude reste la même, car nul Dictionnaire n'en fait mention.

Ainsi je vis, il y quelques années, chez le statuaire Dantan jeune, une merveilleuse aquarelle représentant une tête de chat de grandeur naturelle. Dans cette peinture à l'eau se fondaient à la fois certaines des qualités qui font un Holbein ou un horloger patient, un Denner ou un faussaire contrefaisant un billet de banque.

Inutile de tenter de dépeindre les yeux de l'animal regardant face à face le spectateur. La plume échouerait devant les teintes magiques de ces yeux. Et cependant il s'était trouvé un peintre qui avait su rendre avec le pinceau l'étrangeté de ces regards. Si le daguerréotype eût été inventé à l'époque (sans doute 1828 à 1830) où l'artiste peignit cette tête, on l'eût certainement accusé de s'être aidé de ce moyen mécanique pour décalquer le masque si particulier de l'animal; mais la machine eût été impuissante à faire comprendre la douceur des poils ras du crâne, le groupe de taches fauves, et les zigzags tigrés qui, comme des branches de bésicles, se prolongent des angles des yeux jusqu'aux oreilles. Non, jamais chat ne voulut se tenir de la sorte immobile et darder des yeux sur un point fixe pendant les quelques secondes que le soleil réclame pour son travail.

Cette peinture résultait du regard d'un observateur qui n'avait d'autre défaut que d'être
impersonnel. Le peintre devait être froid,
j'entends froid par l'excessive application que
révélait l'œuvre. Froid, convaincu et exact.
Or l'exactitude a pour contre-qualité d'atténuer
la flamme de l'artiste. Froid et correct, pas-
sionné et incorrect. Il est si peu d'hommes
complets! Malgré l'excessive correction du
dessin je lisais sous chaque trait de crayon que
le peintre avait étudié spécialement les chats;
sans doute il en avait autour de lui dans son
atelier.

L'aquarelle, non signée, portait sur le
cadre cette désignation : BURBANCK.

Ce nom me resta dans l'esprit autant par
le souvenir du chef-d'œuvre auquel il était
attaché que par sa contexture étrangère.

Deux grandes lithographies de Marin Lavigne, d'après le même Burbanck, et représentant également des chats, démontraient
que l'artiste s'était plu à représenter ces
beaux chats de gouttière dont la castration a
fait des animaux de salon et qui ont pour
occupation spéciale de lustrer leurs robes.
Telle était la race choisie par l'Anglais; qui
rendait supérieurement les êtres avec lesquels
il était en communication constante. De ces
deux lithographies faisant pendant, l'une a
pour titre : *le Gourmand.* C'est un matou qui

lape du lait. L'autre est intitulé : *le Jeu*.
Un petit chat prend ses ébats sur le parquet
d'un salon, une pelote de fil emmêlée dans
les pattes. Cette dernière étude est inférieure
à la première ; mais il ne faut prendre ces
estampes que comme indication. Marin Lavigne, un des premiers lithographes trop ha-

D'après Burbanck.

biles, ne donne qu'une idée imparfaite des
peintures du maître, et il faut avoir vu l'aquarelle du cabinet Dantan pour se faire une idée
de ce que devaient être les originaux.

Pour bien comprendre l'importance que
j'attribue à Burbanck, j'ajoute que si la tête
de chat peinte par l'artiste se trouvait au
milieu des anciens dessins du Louvre, non-
seulement elle y tiendrait une place honorable, mais encore elle attirerait les regards
de ceux que frappe l'interprétation de la vérité.

Dantan ayant poussé l'obligeance jusqu'à
se dessaisir momentanément de sa merveille
pour que je pusse en faire prendre copie, ce fut
alors qu'apparut la précision de l'artiste. Ce qui

semblait net au premier abord fut d'une excessive complication à l'exécution : il n'y a
rien de plus compliqué en art que la sobriété.
Les yeux du chat révélaient des mondes de
touches au copiste. Une telle copie demanda
un mois; appelé à tout instant à juger de
la perfection du traducteur, chaque jour mon
enthousiasme augmentait en face de cette
réalité saisissante.

C'eût été de l'ingratitude de ne pas se
préoccuper de la vie de ce merveilleux Burbanck inconnu; si on perd du temps à ce métier de juge d'instruction, on en est récompensé par quelque petite découverte.

Le portrait avait été donné en 1833,
comme peinture rare, à Dantan jeune par
le célèbre marchand d'estampes anglais Col-
naghi, en souvenir d'un buste que le statuaire
faisait de son père.

Je fis insérer en même temps, dans *Notes
and queries*, les questions suivantes :

« Qu'est-ce que le peintre anglais Burbanck
dont on connaît deux importantes études de
chats publiées par Marin Lavigne chez l'éditeur Gihaut ?

« A quelle époque vivait Burbanck ?

« Les dictionnaires biographiques anglais
contiennent-ils quelques détails sur le maître
qui paraît avoir fait sa spécialité de représentations de chats ?

« Burbanck traitait - il habituellement ses études de chats à l'aquarelle?

« Les musées anglais et les collections particulières contiennent-ils quelques œuvres du maître ? »

Quoiqu'il soit dans le tempérament anglais de répondre à de semblables questions, l'avis inséré dans *Notes and queries* n'amena aucun renseignement.

Heureusement le directeur de l'*Art-Journal*, M. Dafforne, avait connu Burbanck, qui, vers 1839, donnait à Londres des leçons particulières de dessin, et exposait à l'Académie royale des études d'animaux, d'oiseaux, de chiens, etc.

Ici s'arrêtent les renseignements. Leur pénurie témoigne trop réellement que ce Burbanck, obligé de donner des leçons, était pauvre, que les Anglais le regardaient et qu'il se regardait sans doute lui-même comme un dessinateur d'histoire naturelle (mais quel merveilleux dessinateur!), que les *connaisseurs* ne s'intéressaient en rien à ses productions, et c'est pourquoi aucun biographe ne s'est occupé de la vie et de l'œuvre de l'artiste modeste, ignoré et menant une vie difficile.

XV.

DU LANGAGE DES CHATS PAR L'ABBÉ GALIANI.

Lui aussi Galiani, qui eût mérité quelques pages dans le chapitre *Les amis des chats,* a traité de l'amour chez les chats; sauf le détail du miaulement. je me rencontre avec l'ami de Diderot sur la question de linguistique.

« Il y a des siècles, dit le spirituel abbé, qu'on élève des chats, et cependant je ne trouve personne qui les ait bien étudiés. J'ai le mâle et la femelle; je leur ai ôté toute communication avec les chats du dehors et j'ai voulu suivre leur ménage avec attention ; croiriez-vous une chose? Dans le mois de leurs amours, ils n'ont jamais miaulé; le miaulement n'est donc pas le langage de l'amour des chats; il n'est que l'appel des absents.

« Autre découverte sûre: le langage du mâle est tout à fait différent de celui de la femelle, comme cela devait être. Dans les oiseaux, cette différence est plus marquée ; le chant du mâle est tout à fait différent de celui de la femelle; mais dans les quadrupèdes, je ne crois pas que personne se soit aperçu de cette différence. En outre, je suis sûr qu'il y

a plus de vingt inflexions différentes dans le
langage des chats, et leur langage est véritablement une langue, car ils emploient toujours le même son pour exprimer la même
chose. »

XVI.

DU RÔLE DU CHAT EN ARCHITECTURE.

Le moyen âge, qui appela tant d'animaux
fantastiques à décorer les façades des monuments religieux et civils, ne s'est pas extrême-
ment préoccupé du chat; cependant on avait
amené déjà en France les premiers chats d'Angora, car l'auteur du roman de la *Rose* parle
de ces animaux et compare le chat, pour la
fourrure et la vigueur, à un chanoine pré-
bendé. Sans doute, les sculpteurs ne se ren-
dirent pas compte, comme les Égyptiens, de
la pureté des lignes de l'animal ; il est singulier, en tout cas, que le masque du chat ne
leur ait pas fourni quelque motif grimaçant
dans la collection des diableries qui s'étalent
au fronton des anciennes églises.

Une dame, qui a écrit un travail sur la
Zoologie relative à l'architecture (*Revue de*

l'Architecture, t. VII, 1847-1848), fait entrer le chat dans le symbolisme ; mais il est difficile de tirer un fait précis de ce tourbillon de visées archéologiques.

Le chat se montre un peu moins rare dans les monuments de la Renaissance. Au musée de la ville de Troyes, on voit un chapiteau du quinzième siècle qui représente un chat. J'en

Ornementation d'une lucarne du château de Pierrefonds.

aurais donné volontiers un croquis, si l'animal était d'une exécution plus supportable.

M. Fichot, peintre-archéologue, me communique le dessin d'un linteau de porte d'une maison de Ricey-Haute-Rive. Au milieu de ce bas-relief se tient un chat, en compagnie de poules, d'un renard, d'une sorte de rat ; mais cette sculpture est véritablement trop primitive et l'animal ne conserve pas assez l'accent de sa race pour être reproduit ici.

Il vaut mieux donner un détail du château de Pierrefonds que restaure M. Viollet-le-Duc; les lucarnes de la cour intérieure sont ornées, d'après les dessins de l'habile architecte, de chats dans diverses postures.

XVII.

TRAITEMENT DES CHATS DANS LES MALADIES.

Ce qu'on appelle *la maladie* chez les chats, quoique le cas soit moins fréquent que chez les jeunes chiens, provient habituellement d'un état inflammatoire.

L'animal devient triste et somnolent; la tête peut à peine se porter; la queue est tombante; la voix s'altère; la pupille est extraordinairement dilatée; la respiration courte et gênée. Tels sont les premiers symptômes. De plus en plus l'animal deviendra paresseux et frileux; le poil perd son lustre; les oreilles sont chaudes. Le chat répond à peine aux caresses, se cache dans les coins sombres de l'appartement, fait à peine entendre son ronron et ne mange plus.

S'il avale avec difficulté ou refuse de manger, on peut être certain que la langue est devenue pâle, verte ou jaunâtre; il est prudent alors de veiller à cet état. Pour arrêter les progrès d'une inflammation qui peut devenir dangereuse, il convient de donner au chat une cuillerée à bouche du purgatif appelé sirop de nerprun.

L'animal, dans sa faiblesse, se laissera ingurgiter ce purgatif et se sauvera avec quelques traces de dégoût; mais il faut le laisser tranquille dans l'endroit qu'il a choisi, lui disposer une corbeille, s'il lui convient de s'y étendre, et surtout ne pas gêner son indépendance.

A la suite de *la maladie*, on devra servir à l'animal du lait et, plus tard, de petites quantités de mou ou de foie. Plus sage que l'homme, le chat ne commet pas d'imprudence et s'en tient habituellement à l'eau pure pendant la convalescence.

La *maladie* s'empare quelquefois des femelles privées de la société des mâles. Si la chatte tombe dans un état d'abattement et de langueur, qu'on la laisse sortir.

Il est également dangereux d'enlever, aussitôt après leur naissance, les petits à leur mère; le lait restant inactif dans les mamelles peut causer des désordres.

Un certain nombre de personnes croient faire passer ce lait en attachant au cou des chattes un collier de bouchons. Quel rapport peuvent avoir des rondelles de liége avec le travail des mamelles? C'est un ancien usage, comme de mettre une affiche de bière de mars à la porte d'un cabaretier. Les bonnes femmes ayant toujours vu orner le cou des mères chattes d'un pareil collier, s'imaginent que, grâce à cette adjonction, le lait suit son cours.

Pour rendre un cours naturel au lait des mères séparées de leurs petits, on fera un onguent composé de carbonate de chaux et de vinaigre convenablement battus et délayés; frictionnez soir et matin avec cet onguent les mamelles de l'animal, et en même temps faites-lui boire une tisane de décoction de persil bouilli dans du lait. Friction et tisane doivent durer une huitaine, après quoi purgez la chatte pendant deux jours avec vingt grammes chaque fois d'huile de ricin; mais pour ne pas fatiguer l'animal, il vaut mieux laisser vingt-quatre heures de repos entre les deux purgations.

Lady Cust, qui a écrit un livre sur les chats, donne des conseils aux personnes qui n'ont jamais soigné ces animaux.

En cas de maladie inflammatoire, l'Anglaise conseille d'envelopper le chat dans

une serviette assez grande pour que tout le
corps disparaisse et que l'opérateur soit protégé contre les griffes. L'animal étant placé
entre les genoux de celui qui doit administrer
la médecine, on entoure d'un mouchoir le
cou du chat, afin que sa robe ne soit pas
salie.

« D'une main gantée, dit Lady Cust, vous
ouvrez largement, mais avec douceur et d'un
seul effort, la bouche du chat, et vous y faites
entrer la médecine au moyen d'une cuiller à
thé, goutte à goutte, pour que le malade l'a-
vale sans s'étouffer et par petites doses. Ne lui
mettez pas la cuiller entre les dents, sinon il
la mordra et en répandra le contenu. Enlevez
avec une éponge et de l'eau tiède toute souil-
lure ; essuyez à sec avec un linge propre ;
démaillotez le patient, tenez-le pendant
une heure et demie dans un lieu chaud et
tranquille ; ne lui donnez ni à boire ni à
manger.

« Bref, surveillez l'effet de la médecine,
comme chez un malade de l'espèce humaine.
Organisez un hôpital temporaire, quelque
chambre inhabitée, sans tapis, mais où vous
entretenez un bon feu, car la chaleur fait la
moitié de la cure, et tout animal malade en a
particulièrement besoin.

« Ayez pour votre patient un lit confor-
table. Laissez-lui de l'eau en cas qu'il ait soif,

et que nul, hormis vous, n'entre près de lui;
la tranquillité est, avec la chaleur, l'auxiliaire
par excellence de la bonne nature [1]. »

Quelques personnes croient délivrer le chat
d'un certain ver en coupant le bout de la
queue, qui est censé le contenir. Des ciseaux
ou une pelle à feu rougie à blanc privent
l'animal d'une partie de cette libre queue
serpentine dont le jeu s'associe si bien à ses
mouvements et à ses sensations.

Un préjugé barbare cause seul une telle mu-
tilation.

Quelques affections cutanées des chats sont
d'autant plus dangereuses qu'elles se commu-
niquent à l'espèce et peuvent atteindre les enfants et les hommes.

Hurtrel d'Arboval, savant médecin-vétéri-
naire, donne, dans son *Dictionnaire de médecine et de chirurgie*, une description de ces
maladies cutanées avec des moyens curatifs
pour les guérir.

L'auteur du livre actuel a élevé nombre de
chats et n'a pu heureusement constater ces
sortes de maladies qui doivent provenir du
manque de soins, à moins qu'un courant épi-
démique ne circule, comme en 1673, où la
plupart des chats de Westphalie moururent.

En tout cas, dès qu'apparaîtront les pre-

---

[1] *Revue britannique.*

mières pustules, il est bon de lotionner pendant quelques jours la partie malade avec une
décoction de mauve, de guimauve ou de
graine de lin, à laquelle on ajoute des lavages
composés de feuilles de tabac bouillies dans
la lessive, ou d'une dissolution de deutoxyde
de potassium.

Exposez l'animal à un soleil ardent et fric-
tionnez-le avec la composition antisporique
suivante : deux onces d'huile de lin dans laquelle a été fondu un dixième d'onguent ci-
trin. Le tout bien mêlé, étendez une couche
épaisse sur les parties affectées ; ajoutez-y,
comme traitement interne, quelques infusions
de sureau, de fumeterre et de lait. L'animal
guérira bientôt, s'il a été purgé préalablement
avec quelques grains de jalap délayés dans un
peu d'eau miellée.

Mais la grave maladie qui nécessite un tel
traitement se compte comme les invasions de
choléra, et depuis l'année 1779, pendant laquelle succombèrent la plupart des chats de
France, d'Allemagne, d'Italie et de Danemark,
la science n'a pas enregistré de nouvelles épi-
démies.

Je crois être le premier à signaler le *tournis*
des chats ; du moins n'est-il pas indiqué dans
les divers dictionnaires des sciences médicales et
vétérinaires par MM. Raige-Delorme, Lecoq,
Rey, Tisserant, Tabourin (1850), H. Bouley,

Ch. Daremberg, J. Mignon (1851), Beugnot (1859), Nysten, Littré, Ch. Robin (1858).

Ces divers auteurs parlent du tournis comme d'une maladie spéciale aux bêtes ovines et bovines. J'ai vu cependant un jeune chat offrir tous les caractères morbides admis par la science : il tournait sans cesse sur lui-même, chancelait ensuite, l'œil hagard, et la crise était terminée par des convulsions.

Cette maladie provient de cœnules ou hydatides dans un point quelconque de l'axe cérébro-spinal.

L'opération du trépan, qui est tentée sur les bœufs et les moutons pour enlever le ver, amène généralement la mort. On ne la conseille pas pour les chats. Autant laisser mourir le malade du tournis que du trépan.

Quant aux fractures des chats, la science du vétérinaire doit être invoquée.

J'ai vu un chat, dont la colonne vertébrale avait été cassée, se promener plus tard, avec quelques difficultés, il est vrai. Sa chute du haut d'un toit élevé, quoiqu'elle lui eût enlevé l'agilité, n'avait modifié en rien l'affabilité de son caractère[1].

[1] AVIS. Il ne me déplairait pas d'être couché à titre de légataire universel sur le testament d'une personne âgée qui voudrait assurer une existence agréable à ses chats et à leur progéniture. Un passé honorable, des principes d'humanité, l'affection que j'ai témoignée constamment pour ces animaux, les méthodes de traitement ci-dessus indi-

qués sont un gage des soins et des égards que les chats
qui ont perdu leurs maîtres trouveraient dans mon intérieur. Une bibliothèque importante leur permettrait de se
faire les ongles tous les matins dans le dos des volumes;
de nombreux fauteuils seraient mis à leur disposition, et
ils exerceraient leur adresse en grimpant sur des étagères
garnies de faïences. Chaque année, je m'engage, en outre,
à publier une brochure relatant dans un style, que je m'ef-
forcerai de rendre clair, les faits et gestes des chats dont
les testateurs m'auraient confié l'entretien.

Les exécuteurs testamentaires sont priés de faire passer
avis de ces legs à Me Lefebvre, notaire à Laon (Aisne).

TABLE

DES CHAPITRES ET DES GRAVURES

APPENDICES.

STRASBOURG, TYPOGRAPHIE DE G. SILBERMANN.

PLACEMENT

DES EAUX-FORTES

ET DES PLANCHES EN COULEUR